LES MOUTONS ÉLECTRIQUES

« LA BIBLIOTHÈQUE DES VERTIGES »

Ouvrage choisi et mis en page par André-François Ruaud, dans une traduction de Bernard Ferry (anciennement parue sous le titre *L'Œil du peintre*) révisée par André-François Raud, sous une couverture de Melchior Ascaride

Nos parutions sont soutenues par la région Nouvelle-Aquitaine

www.moutons-electriques.fr
Diffusion-distribution : La Diff / Hachette Livre
ISBN 978-2-36183-894-2

ELIZABETH A. LYNN

UNE AUTRE LUMIÈRE

pour RNL et WNL

CHAPITRE I

Au-dessus de lui, un ciel d'or pâle ; sous ses pieds, la roche argileuse.

L'image de Russell souriait. Des cheveux roux et bouclés encadraient à la manière d'une crinière son visage pâle. Des émeraudes, vertes comme ses yeux, brillaient à ses oreilles ; il tendait la main en signe de bienvenue. L'illusion était parfaite. Jimson sentit son cœur battre plus fort. Il serra les doigts sur le visicube jusqu'à ce que les arêtes se fussent imprimées dans sa paume. Lorsqu'il ouvrit le poing, l'image n'avait pas changé. Elle le contemplait, petite et claire, aussi lointaine que le passé.

Les pas de Raina retentirent en dehors de la chambre et il fourra le cube dans sa poche. Elle poussa la porte coulissante. La blancheur de sa blouse mettait en valeur sa chevelure noire.

« Eh bien ? demanda-t-il, impatient de s'en aller.

– Les résultats sont négatifs, vous n'avez aucune raison de vous croire malade. »

Elle refaisait toujours la même plaisanterie.

« La prescription est inchangée ? »

En vérité, il ne s'en souciait guère. Toute sa vie, il avait avalé ces fichus médicaments sans même connaître leurs noms.

« Aucune raison de la modifier, puisque ces médicaments vous font du bien. »

Elle lui lança le disque. Il était rond comme le précédent, mais rouge au lieu de bleu.

« Vous serez content de rentrer chez vous », dit Raina.

Il haussa les épaules. La clinique le déprimait. Plus personne n'avait le cancer, aujourd'hui. Grâce au test Kim, on détectait avant la naissance les facteurs génétiques qui y prédisposaient et on traitait ensuite le nourrisson. En vingt-cinq ans, le test n'avait jamais donné de résultats erronés. Il était un monstre, un corps affligé d'une maladie rare, qu'on empoisonnait, examinait et commentait pour la plus grande terreur de ces grands benêts d'étudiants en médecine.

« Il n'y a pas assez d'images au mur, dit-il.

– Il y a une de vos gravures accrochée dans le bureau, répliqua-t-elle avec indignation.

– Ah, vraiment ?

– Notre grand artiste est soudain désespéré ?

– Depuis le temps, la soudaineté s'est quelque peu émoussée, répondit-il d'un air sinistre.

– J'ai vu votre exposition, il y a quatre mois, je l'ai beaucoup aimée. »

Il eut un mouvement de colère. Il n'y avait rien de nouveau à cette exposition. Tout était éventé comme de la vieille bière et parfaitement ennuyeux.

« Mon agent m'a dit que ça avait été un grand succès. *Un im-mense succès.* »

Il imitait le ton enthousiaste de Samson. Mais pourquoi se mettre en colère contre Raina ? Rien de tout cela n'était de sa faute. Ce n'était en fait que… Ah ! Quel ennui !

Autrefois, Las Flores avait été un endroit magique, un lieu d'évasion. Une ville d'artistes. C'est en la découvrant, qu'à seize ans il avait découvert le monde, avant de visiter les villes de Nouveau Terrain. Il avait maintenant trente ans et ne pouvait plus aller nulle part, tandis que derrière lui, les années qui s'entassaient comme les pierres d'une vieille bâtisse, menaçaient de l'étouffer.

Il frotta machinalement ses mains l'une contre l'autre, s'en aperçut, et chercha ce qu'il pourrait faire d'autre. Il sortit le disque-prescription de sa poche et le glissa dans son bracelet.

« Vous savez, dit-il en affectant un air dégagé, mon meilleur ami a quitté Nouveau Terrain avant que moi-même j'aie quitté la ville où je suis né.

– Votre nom est connu dans toute la galaxie.

– Oui, jusque dans des endroits que je n'ai jamais vus. »

Et que je ne verrai jamais, ajouta-t-il mentalement.

Il se mit à contempler à son poignet le bracelet où alternaient les maillons clairs et dorés. Les maillons clairs s'ouvraient pour recevoir le disque d'identification.

« Vous voyez ça, dit-il en montrant son bracelet, c'est une amie qui l'a fabriqué. Elle est orfèvre. Elle a pris modèle sur des colliers de Chabad. Elle a passé un an là-bas à étudier leur art et leur technique. Encore un autre endroit que je ne verrai jamais. »

Il se demandait parfois si elle pouvait comprendre son amertume. La plupart des gens qu'elle soignait retournaient chez eux avec l'espoir de vivre au moins cent ans. Son cancer pouvait être contrôlé (jusqu'à quand ?) mais non guéri. Un jour, il en mourrait.

Peut-être Raina comprend-elle, songea-t-il, elle me connaît depuis longtemps.

« La liste des endroits que vous ne verrez pas est longue, Jim », dit-elle avec compassion.

Longue et tôt commencée. Il lui fallait sans cesse chasser ces pensées de son esprit. Nombreux étaient ceux, pourtant, qui n'avaient jamais vu un vaisseau spatial et n'étaient jamais allés dans l'hyperespace. Mais eux avaient le choix. Les nuits d'insomnie, tandis qu'il contemplait la lune Epsilon, il songeait à l'espace, et la souffrance montait alors en lui, plus violente encore que la douleur qui lui rongeait les os.

« Je voudrais aller à Pillin, dit-il. Il y a là-bas Yamahuchi. Il est âgé de cent cinquante ans, assis face à son encre et ses pinceaux comme s'il avait deux mille ans et… et Dakar… j'ai un ami à Dakar. »

Il sourit. Chudra, le célèbre sculpteur, était venu tout spécialement de Dakar pour le voir lui, Jimson Alleca, à l'occasion de sa seconde exposition. Jimson songea à l'étreinte qui l'avait soulevé du sol. « *Je sais que vous ne quittez jamais Nouveau Terrain, je suis venu vous voir* ». La chaleur admirative de Chudra l'avait touché. « *Vous n'êtes qu'un barbouilleur* », lui avait dit ce dernier en souriant. « *Venez donc un jour voir notre pierre.* » Dakar possédait les plus belles carrières de marbre des Mondes Vivants.

Jimson rêvait de Dakar.

« Où en sont les recherches ? demanda-t-il.

– Une seule chose est certaine, dans l'hyperespace, 96 % des cancers mutent et se développent. Cessez de rêver ; il y a ici un monde entier pour vous.

– Mais ici je ne travaille plus. Je suis comme un rat en cage. Un rat illustre, certes, et la cage est dorée, mais je ne peux oublier les barreaux. »

Sa jambe gauche commençait à le faire souffrir et il la replia doucement.

« Si je pouvais quitter Nouveau Terrain, je suis sûr que les barreaux s'évanouiraient dans ma tête. J'ai besoin d'autres paysages. Je suis fatigué de ce que je vois autour de moi. Voilà quatorze ans que je n'ai de désir plus pressant.

– Vous pourrez partir, répondit Raina d'un ton égal. Vous pourrez quitter ce monde dès que vous aurez obtenu un disque-prescription renouvelable et parcourir l'hyperespace. Vous en mourrez. »

Il connaissait d'avance la réponse, mais il demanda quand même :

« Me donnerez-vous ce disque ?

– Impossible sans examen, vous connaissez la loi. »

Oui, je connais la loi. Il ne pouvait obtenir de disque-prescription indéfiniment renouvelable sans examen télépathique. Il pouvait certes, muni du disque dont il se servait actuellement, quitter Las Flores et s'en faire délivrer un nouveau dans n'importe quelle clinique de Nouveau Terrain. Mais ces disques n'auraient cours que sur Nouveau Terrain. Le trafic de drogue était encore un problème aussi vaste que la galaxie. Les flics de l'hyperespace et les télépathes investigateurs de motivations parvenaient à le réduire sans pour autant le supprimer.

Tout le monde, cependant, avait entendu au cours de son enfance de terribles histoires à propos des examens. Sa peur était aussi vieille que lui. Il soupira.

« Ce n'est pas si terrible que ça, dit Raina. J'en ai subi un. C'est obligatoire pour tous les médics. Pour tous les Hypers également. L'hyperespace peut rendre fou, si, au départ, on ne possède pas une parfaite santé mentale.

– Je le sais. »

Il se souvenait du jour où il attendait Russell, retour d'un tel examen ; il ne savait alors pas très bien s'il souhaitait ou non que Russell échouât et fût ainsi obligé de rester à Nouveau Terrain. Russell, de toute façon, avait réussi… et n'en avait jamais parlé.

« D'autres lieux, d'autres mondes… vous savez, tout ça n'est pas très différent.

– Quels autres mondes connaissez-vous, Raina, en dehors de Nouveau Terrain ?

– Je suis née sur Iden, et j'ai fait mes études sur Chine 111.

– De quelle couleur est le soleil sur Chine 111 ?

– Le soleil ? »

Elle réfléchit un moment.

« Jaune, il me semble.

– Comme à Nouveau Terrain ?

– Pas exactement. Je crois qu'il est plus lumineux. Peut-être d'un jaune un peu plus pâle. Je me souviens que nous portions des ombrelles. La lumière devait être différente.

– Je veux connaître une lumière différente. »

Il avait été injuste avec Raina, songeait-il en quittant la clinique. Après tout, elle n'était que la messagère de nouvelles qu'il ne voulait pas entendre. *Rien n'a changé, au diable la recherche !* Il se frotta les mains et sentit les callosités que plumes et crayons avaient formées sur son pouce et son index. Au moins ses mains étaient-elles libres. Sa jambe le faisait parfois souffrir, mais toute sa vie il avait vécu avec cette souffrance. Il n'était pas vrai, comme il l'avait lu une fois quelque part, que la douleur finissait par devenir une vieille amie. La douleur n'était jamais une amie.

Trois années auparavant, elle l'avait terrassé. Avec cette souffrance intolérable qui lui vrillait les os, il n'était plus qu'un tas de viande crue accrochée à son squelette branlant comme à un râtelier. Seul dans son studio, il avait roulé sur le sol, les genoux repliés sur la poitrine, incapable de crier. Ils l'avaient examiné jusqu'aux tréfonds de lui-même et avaient ensuite modifié le traitement. Depuis lors, il utilisait ce même médicament, synthétisé sur Mira. Qu'en serait-il, le jour où plus aucun médicament ne parviendrait à calmer la douleur ? *Laissez-moi partir d'ici avant. Je veux voir un autre soleil. Une fois seulement…*

Il n'était pas loin de chez lui et pouvait s'y rendre à pied. Il jeta ses affaires sur le lit. Après le pastel uniforme de la clinique, la vue de ses gravures préférées accrochées au mur le réconforta. Il sortit de son sac ses habits, un carnet de croquis, des plumes et la petite gravure représentant le Cavalier polonais qu'il avait épinglée sur le mur de sa chambre à la clinique. Là-bas, la lumière qui la nuit, filtrait sous la porte, baignait la gravure comme une flaque opalescente ; il avait passé de longs moments abîmé dans sa contemplation. Un homme jeune, vêtu de fourrures, arrête un instant son cheval pour se reposer. Tache rouge de sa toque et de ses larges pantalons. Derrière lui, des ruines se fondent dans la courbe molle d'une colline brune…

Jimson jeta un regard à la gravure identique, mais de format plus grand, qui ornait le mur de sa chambre. Le pâle cavalier semblait sourire. La Mort était-elle apparue ainsi à l'artiste, sous les traits d'un homme jeune et beau aux cheveux roux ? Voilà une mort bien agréable à contempler.

Plus agréable en tout cas que le cauchemar qui le réveillait parfois la nuit, lorsqu'un squelette aux membres difformes tendait vers lui l'os de son doigt et lui parlait avec sa propre voix…

Le carillon de la porte retentit.

C'était Dina. Il ouvrit la porte. Elle portait un long manteau qui semblait fait en peau de serpent doré. Elle pirouetta sur elle-même pour se faire admirer et ses bracelets tintèrent à ses poignets.

« Je suis orfèvre, alors je porte de l'or. Je te plais ?

– Oui, beaucoup. »

Elle était ravissante, et sa couronne de cheveux noirs soulignait à merveille l'éclat fauve de sa peau.

« Tout va bien ?

– Oui, oui.

– J'en suis heureuse. Tu as manqué une fête. Celle que nous avons donnée hier pour célébrer les nouvelles poteries de Kas. Nous avons bu du vin et nous étions presque tous complètement bourrés.

– Complètement quoi ?

– Bourrés. C'est un mot de la Vieille Terra qui veut dire saoul.

– Toi aussi ?

– Non, pas moi. »

Lorsqu'elle fut partie, il s'assit à sa table et sortit un nouveau carnet de croquis. À quoi pouvait bien ressembler un potier ? songeait-il en laissant courir distraitement son doigt sur le bord de la feuille. Il dessina Kas dans une de ses grandes jarres ; enterrée à moitié dans le sol, celle-ci laissait voir le corps du potier à partir des genoux. Il traça ensuite une guirlande, comme un lacet. Il ajouta une petite ombrelle au-dessus de la tête de Kas et un robinet qui gouttait sur l'ombrelle. Puis il prit une autre feuille. Il avait vu à la clinique certains visages qu'il brûlait de reproduire. Ce jeune médic qui lui avait fait passer les premières radios, ressemblait un peu à Russell.

Il faisait noir dehors lorsqu'il s'arracha à sa table de travail. Ses os lui faisaient mal ; non qu'il se sentit las, mais il avait laissé passer l'heure de prendre sa pilule. Après avoir extrait une capsule de la bouteille, il se dirigea vers la fontaine murale que Kas avait réalisée d'après ses indications. Le murmure de l'eau fraîche qui coulait dans la vasque lui tenait compagnie pendant ses heures de travail. Il mit la pilule dans sa bouche et se pencha pour avaler une gorgée d'eau qui lui éclaboussa le visage comme une froide bénédiction. Puis il quitta ses vêtements qu'il abandonna sur le sol et se glissa dans son lit. Le sommeil vint enfin, vague douce et enveloppante qui emporta avec elle la douleur qui ne voulait pas mourir.

Au matin, nu encore, il s'assit à sa table de travail. Il mit de côté le portrait de Kas ; il comptait le refaire pour l'offrir au potier. Il fit mine de ranger les autres feuilles de son carnet sur une étagère, mais il se ravisa et les empila dans un coin. Ses esquisses n'étaient pas vraiment mauvaises, mais elles étaient médiocres, ENNUYEUSES. Tout en elles aurait aussi bien pu être dessiné six mois auparavant.

Dehors, le ciel était d'un bleu profond. Par la fenêtre il apercevait les plantes, dont les fleurs aux mille couleurs donnaient son nom à Las Flores, déborder des terrasses et grimper à l'assaut des murs des maisons.

CHAPITRE II

Lorsque trois jours plus tard il se rendit de nouveau à la clinique, le médic de service ce matin-là feignit avec délicatesse d'ignorer son nom :

« Vous dites Alleca ?

– Le médic principal Ramoz est-elle là aujourd'hui ? J'ai besoin de lui parler. »

Le médic ne posa aucune question. Un timbre résonna dans le bureau de Raina.

« Voulez-vous avoir l'obligeance de l'attendre dans cette pièce ? »

Jimson ne cessait d'aller et venir autant que le lui permettait l'extrême exiguïté de l'endroit. Il serrait entre ses doigts le visicube aux arêtes vives.

« Qu'y a-t-il, Jim ? » demanda-t-elle en entrant.

Il parla, sans cesser de tourner dans la pièce. Elle était assise au bureau, faisant mine de ranger quelques vagues papiers. Enfin, il se tut.

« Êtes-vous bien décidé ?

– Oui, parfaitement, répondit Jimson. Mais j'ai besoin d'un disque-prescription pour l'espace, et s'il me faut subir l'épreuve pour cela, eh bien je suis prêt à la subir.

– Très bien. Je crois qu'Ensel n'est pas très occupé ce matin. Si vous avez le temps, tout peut-être terminé d'ici peu. »

Il y avait du défi dans sa voix. *Encaisse, tais-toi.* La peur lui nouait la gorge. *Maintenant ? Aussi vite ?* Il réussit à faire un petit oui de la tête. Raina sortit et revint presque aussitôt.

« Venez avec moi. »

Elle le conduisit jusqu'à une porte qu'elle tint ouverte devant lui.

« Ici ? »

Elle acquiesça et il pénétra dans la pièce. Flanqué d'une chaise, un lit à hauts bords qui ressemblait à un berceau en occupait le centre. Il y avait quelqu'un dans le lit. Sans réfléchir, il s'assit sur la chaise. Dans le berceau, un garçon aux membres grêles, trop grand pour être un enfant, affligé d'une tête énorme et grotesque supportée par un cou de poulet, était appuyé sur des coussins. Ses yeux noirs et brillants se dissimulaient derrière des replis de chair boursoufflée.

Raina s'était-elle trompée de pièce ?

« Je m'excuse, dit doucement Jimson, je ne voulais pas vous déranger.

– Mais vous ne me dérangez pas. »

Et il tourna sa lourde tête pour regarder Jimson dans les yeux.

Yeux, berceau, murs, tout se mit à tourbillonner. Le vertige s'empara de lui. Tous ses sens le trahirent et son esprit se transforma en un magma terrifiant.

Ses bras et ses jambes semblaient s'arracher à lui ; il s'en allait en lambeaux. Une entité autre s'était emparée de lui, des sentiments puissants qui n'étaient pas les siens régnaient en maîtres dans son crâne, pulvérisant toutes ses barrières mentales comme un foret s'enfonçant dans le sable. Le viol était absolu et la douleur elle-même s'en trouvait presque annihilée.

Lorsque l'autre se fut retiré et qu'il eut recouvré son unité mentale et corporelle, il se découvrit effondré sur sa chaise et incapable du moindre mouvement. Il se sentait à ce point gagné par la nausée, qu'il attendit une minute avant de déglutir, de peur de vomir. À travers les barreaux du berceau, des yeux noirs l'examinaient froidement. J'aimerais dégueuler dans ton lit, songea-t-il sauvagement à son intention.

Les lèvres du télépathe ourlèrent un sourire.

Puis des gens s'affairèrent autour de lui et il sentit une aiguille s'enfoncer dans son bras. La nausée s'estompa puis revint brutalement lorsqu'on le déposa sur un chariot. Il remarqua avec reconnaissance qu'on avait placé une bassine près de lui et il se mit à vomir. Il avait l'impression qu'il se vidait de ses entrailles. Eh bien, qu'elles sortent ! songea-t-il. Une autre aiguille.

Il tombait en tourbillonnant au fond d'un puits sombre ; il s'évanouit.

Lorsqu'il se réveilla, il se demanda si on ne l'avait pas vidé de ses viscères pour le simple plaisir de les lui remettre ensuite. Par l'espace ! Quelle souffrance ! Mais il ne se sentait plus malade. Il voulut s'asseoir ; ses muscles refusèrent de répondre. Raina lui prit le poignet.

« Comment vous sentez-vous ? Vous n'êtes plus malade, hein ?

– Ça va. Je me sens mieux. »

Les mots sortaient avec peine.

« Je crois bien vous avoir donné une raison de me maudire. »

Jimson tenta de hausser les épaules.

« Je suis épuisé.

– Je sais. Je m'en souviens. »

Et devant l'air interrogateur de Jimson, elle ajouta :

« Je l'ai subi trois fois. N'oubliez pas que je suis médic principal. Ensel et moi sommes de vieux amis, maintenant. »

Trois fois.

« Vous deviez désirer quelque chose avec force, articula-t-il péniblement.

– Oui. Comme vous. »

Le médic fit passer un disque devant les yeux de Jimson. Il était clair, et des caractères noirs étaient imprimés dessus. Elle glissa adroitement le nouveau disque dans le bracelet de Jimson et jeta le disque rouge sur un meuble.

« Vous serez sur pied dans six heures, d'ici là, tâchez de dormir. »

Elle s'apprêtait à sortir lorsque Jimson, oubliant qu'il ne pouvait bouger, esquissa le geste de la retenir. Elle remarqua sa tentative et revint à son chevet.

« Vous avez besoin de quelque chose ?

– Sont… sont-ils tous comme ça ? »

Il s'exprimait avec difficulté.

« Non. Un des meilleurs télépathes que je connaisse est une ravissante petite fille de neuf ans. Ensel est doué. Et rapide. Ils peuvent vous tuer en demeurant trop longtemps dans les couches aussi profondes de l'esprit. Au fait, Ensel vous admire. Il sait qui vous êtes ; il a déjà vu des gravures tirées de vos œuvres : Si jamais vous revenez à Nouveau Terrain, passez donc ici lui raconter ce que vous avez vu et ce que vous avez fait. Tous les télépathes sont des voyeurs frénétiques, et lui-même ne peut aller nulle part.

– Pourquoi cela ?

– Il a tant de problèmes avec son corps, qu'un accroissement de la gravité le tuerait à coup sûr. Il pourrait voyager dans l'hyperespace, mais il ne pourrait emprunter une des navettes à propulsion nucléaire qui se rendent sur la lune Epsilon, là où se trouve l'astroport. Il ne quittera jamais Nouveau Terrain.

– Alors il sait, car lui aussi est une espèce de monstre. Je préfère quand même être ce que je suis, ajouta-t-il avec un accent de triomphe dans la voix.

– Ensel aussi. »

Elle quitta la chambre, laissant Jimson méditer sur ses derniers mots avant qu'il ne tombât dans un profond sommeil.

CHAPITRE III

Il se trouvait dans une pièce remplie d'étoiles.

Quelle absurdité ! En fait, il était suspendu dans l'espace, tandis que sous ses pieds et au-dessus de lui tourbillonnaient les grains de poussière qui forment l'univers. Il chercha les constellations familières : il n'y en avait aucune ; l'immensité sombre et les étoiles. Elles scintillaient. Parmi elles se mouvait la Vieille Terra, la Terre, son monde à lui bien qu'il ne l'eût jamais vu. Et la base de Nexus, au centre des mondes habités là où étaient basées toutes les flottes spatiales. Il se souvenait des noms portés sur les cartes murales, mais il était difficile de transférer les localisations exactes sur une carte matrice. La lueur des étoiles était si vive dans le noir profond, qu'elle l'éblouissait. Lorsque cette lueur s'estompa pour laisser la place à un gris pâle qui se mua lui-même en un banal tableau de commande clouté de boutons, il se mit à regarder ses mains comme s'il ne les avait jamais vues auparavant et contempla la salle où il se trouvait comme si sa présence en ces lieux eût été parfaitement incongrue.

« Eh bien… voilà à quoi ça ressemble », dit l'employé en feignant de s'intéresser à son interlocuteur.

Il aida Jimson à retirer son casque.

« Vaut le coup d'œil, s'pas ?

– Comment est-ce que ça fonctionne ? »

Le spectacle de la galaxie occupait encore tout son esprit.

« Le casque… »

Il frappa dessus de son index recourbé.

« Supprime toute perception sensorielle, sans quoi vous risqueriez d'entendre votre propre respiration, les battements de votre cœur, etc. Il est directement branché sur le cerveau. »

« Est-ce qu'il sait au moins de quoi il parle, se demanda Jimson, ou ânonne-t-il simplement »… directement branché sur le cerveau ? « Allez, ne sois pas méchant », ajouta-t-il en lui-même.

Il remercia l'employé et gagna le hall. *Tu es un étranger, ici, ne l'oublie pas.* Il repensa à la petite allocution qu'on leur avait faite à bord de la navette qui reliait Nouveau Terrain à Epsilon. La jeune femme qui l'avait prononcée n'avait jeté qu'un regard distrait aux passagers. « La plupart d'entre vous, avait-elle dit, ont déjà réservé leur passage pour l'hyperespace et ne resteront pas plus d'une journée à Epsilon. Les autres ont trois jours pour décider s'ils continuent ou préfèrent retourner à Nouveau Terrain. Une fois là-bas, montrez-vous raisonnables. Obéissez d'abord aux instructions des officiers de la station, et posez les questions ensuite. Vous n'avez pas l'expérience nécessaire et pouvez très bien ne pas reconnaître la gravité d'une situation. Ne pénétrez pas dans les lieux dont l'entrée est interdite. Dans l'espace, les usages ne sont pas les mêmes qu'à Nouveau Terrain. Trois règles importantes : Premièrement, ne vous rendez pas dans les zones où vous n'êtes pas les bienvenus ; évitez particulièrement les quartiers où vivent les Hypers. Ils n'aiment pas les touristes. Deuxièmement, ne posez pas de questions personnelles. Vous pouvez poser des questions sur les stations, les vaisseaux, l'hyperespace, sur tout ce que vous voulez, mais ne vous montrez pas curieux de vos interlocuteurs. Dans l'hyperespace, c'est considéré comme une grave impolitesse. Troisièmement, sachez qu'à l'extérieur de la planète, seuls les Hypers portent des bijoux. Aussi, dans toutes les stations, les vaisseaux et les villes où vivent les Hypers, il vous faudra abandonner bracelets, boucles d'oreilles et ornements divers à l'exception des anneaux très fins. »

Lorsqu'elle s'était éloignée à la fin de son allocution, Jimson avait remarqué les boucles bleues qui scintillaient à ses oreilles. Elle ne devait pas avoir plus de vingt ans. Quand ils partaient, ils partaient jeunes. Il avait examiné les visages autour de lui. Pas une figure juvénile, ces gens seraient toujours des étrangers dans l'hyperespace, passagers assommés de tranquillisants dans les vaisseaux et touristes gauches sur les autres mondes. Au port des navettes, à Nouveau Terrain, il avait gagné la passerelle d'observation pour contempler les navires brillants, et soudain, il avait eu seize ans de nouveau. Seize ans, lorsque dans la lumière des premiers jours de l'été, il regardait Russell que le tapis roulant emmenait vers la porte d'embarquement. Il avait voulu le suivre tout en sachant qu'il ne le pouvait pas. Mais Russell désirait les étoiles avant tout. Il ne s'était même pas retourné.

Jimson tenta de chasser les souvenirs douloureux qui montaient à l'assaut de sa mémoire. Ils avaient été amants pendant deux ans. Il ne se souvenait plus de la voix de Russell, mais il se rappeliait sa démarche, son sourire. Il faisait l'amour comme une tornade. Russell avait dit :

– *Gardons le contact.*

– *C'est à toi de m'écrire. Je ne sais pas où tu seras.*

– *J'écrirai.*

Il n'avait pas écrit. Jimson avait attendu, puis il avait cessé d'attendre. Il croyait avoir cessé d'attendre.

Et le visicube était arrivé.

Quatorze ans auparavant, Russell avait mis un casque à carte matrice, il avait tendu le doigt en direction des Mondes Vivants et dit : « là ! »

Je marche sur ses pas, songeait Jimson. Je suis sur la lune Epsilon. L'hyperespace m'attend. Il me faut partir.

Au-dessus de lui, un signal se mit à clignoter : « Secteur n°1 », puis une flèche et le mot « Port ». Il suivit la flèche. Une rampe menait à un tunnel dont les parois l'avalèrent, comme les boyaux d'un gigantesque lombric. Le chemin était court, mais Jimson fut soulagé lorsque les lumières du port se reflétèrent sur les murs du tunnel. Il changea son sac d'épaule et allongea le pas.

Il était sorti du tunnel. Une ville scintillait à ses pieds ; au-dessus de lui, le ciel était bleu.

Le port alignait ses pâtés de maisons et ses tours comme un caprice d'enfant. Il se tenait sur un balcon. Au-dessus, une ligne bleu argent indiquait l'endroit où le dôme venait s'interposer entre l'espace sans atmosphère et la lune bourdonnante d'activités. Il s'émerveilla des aspects changeants du dôme, qui semblait tantôt nuageux, tantôt clair, qui frissonnait et tremblait avec l'apparence éthérée de l'atmosphère. Avec leurs poutrelles, leurs solives et leurs rivets, les ingénieurs réussissaient-ils là où lui échouait avec de l'encre et de la peinture ? L'illusion de profondeur était saisissante. Il eut le vertige à l'idée que ce ciel prenait fin quelque part, que sa courbe s'achevait en s'ancrant dans là roche de cette lune sans air.

Il chercha du regard le chemin qui menait au port et finit par le découvrir : une porte munie d'un sondeur et surmontée de l'écriteau : *Interdit Sans Autorisation Spéciale.* Au-dessus de la porte, une cage métallique était destinée à emprisonner quiconque se présenterait sans disque d'autorisation ou avec un disque non conforme. Celui de Jimson ne lui donnait accès qu'à la porte menant au secteur n°1. Il ne voulait pas risquer de se trouver encagé. La colère s'empara de lui. Il avait de nouveau seize ans, et de nouveau il lui fallait rester derrière, à l'extérieur.

Il domina sa colère. Après tout, l'endroit jouissait d'un point de vue agréable. Devant ses yeux défilait une véritable procession qui sortait des tunnels reliant le port aux différents secteurs de la ville : le Jardin, le secteur n°1, le quartier des chercheurs. Là, par exemple, il y avait un être vert. La peau vert pâle, fine et dépourvue de poils, les cheveux légers et bouclés comme du fil d'or, haut d'un mètre quatre-vingt environ. Un Verdien. Elle (?) portait une longue robe chatoyante qui changeait constamment de nuances, mais dont la couleur de base semblait être le vert, et de longs rubis qui se balançaient au bout de ses lobes de forme allongée. Derrière elle (?), s'avançait une femme enveloppée d'une cape pourpre ; ses paupières ourlées de pourpre également donnaient à son visage l'apparence d'un masque. À son bras nu, elle portait un bracelet d'argent. Il s'accroupit et s'appuya au parapet. Brillante, arrogante, la parade sauvage franchissait la grande porte. Jimson fouilla dans son sac à la recherche d'un papier et d'un crayon, mais il songea que son attitude paraîtrait déplacée. Rapidement, songeait-il, quelqu'un, excédé par ce fol étranger aux allures de voyeur viendrait brutalement le remettre à sa place.

Vue sa position inconfortable, la fatigue finit par le gagner : une douleur insidieuse gagnait sa jambe. Il retourna au secteur n°1 et chercha la salle des repas. Dans cette salle immense on servait toutes sortes de nourritures, mais ce fut un pot d'un café sombre et odorant qui attira particulièrement son attention. Il s'en servit une tasse qu'il amena à une table, étira longuement ses jambes et laissa choir son sac à terre. Les yeux mi-clos, il se mit à siroter son breuvage.

Le bruissement d'un vêtement lui fit lever la tête. Assise en face de lui, une femme le dévisageait. Ses yeux étaient ourlés de pourpre, comme si elle portait un masque, et un bracelet d'argent enserrait son bras nu.

« Bonjour, dit-elle.

– Bonjour.

– Je vous ai vu à la porte du port, aujourd'hui. Ce n'était pas vraiment une question, mais une nuance d'interrogation perçait dans sa voix. Jimson lui fournit l'information qu'elle n'avait point sollicitée.

– Je regardais.

– Mais vous tourniez le dos au port.

– Je l'avais déjà contemplé ; je regardais les gens. »

Après un instant de silence, il poursuivit :

« Je suis artiste. J'aime tout particulièrement observer les visages.

– J'aimerais bien voir quelques-unes de vos œuvres. »

Il tira son carnet de croquis de son sac. Il contenait des scènes dessinées à Nouveau Terrain en attendant la navette.

« Ils ne sont pas très bons », s'excusa-t-il.

Ils n'étaient effectivement pas excellents, mais ne méritaient pas pour autant d'être jetés.

Elle parcourut le cahier avec lenteur et intérêt. Longues, avec des doigts aux phalanges larges et saillantes, très brunes, ses mains tranchaient sur le blanc crémeux du papier. Elle s'arrêta au dessin représentant une navette spatiale et balaya la page d'un geste sensuel :

« J'aime bien celui-ci. »

Elle ferma le cahier et le tendit à Jimson.

« Je m'appelle Leiko Tamura.

– Jimson. Jimson Alleca.

– Jimson Alleca, répéta-t-elle.

« Merci de m'avoir montré ce que vous faites.

– Oh, ce n'est pas grand-chose. Seulement des esquisses.

– Ainsi vous pourriez n'en terminer aucune ? »

Elle semblait intéressée.

« Oui. Ou n'en terminer que quelques-unes.

– Vous devez gâcher beaucoup de papier. »

Il n'avait jamais considéré le problème sous cet angle, mais il imagina le papier, la montagne de papier qu'il avait déjà utilisé.

« On n'abat plus d'arbres pour le fabriquer », dit-il avec assurance.

Puis il éclata de rire. Elle rit aussi. Elle avait les yeux gris.

« Cela ne m'arrêterait pas, dit-elle.

– Moi non plus, à vrai dire. »

La gaieté partagée avait détendu l'atmosphère.

« Aimez-vous Epsilon ?

– Tout est nouveau pour moi, répondit Jimson, je ne suis jamais venu ici auparavant. Je me demande quand même quel effet cela doit faire de vivre ou de travailler ici. »

Voilà une manière détournée mais charmante de poser les questions, songea-t-il. Alleca tu es en train d'apprendre.

« Ce doit être mortellement ennuyeux. Cette lune est si petite. »

Elle sourit.

« En fait, j'en suis sûre. Je ne suis ici que depuis quatre jours et je m'ennuie déjà à mourir.

– Moi, je suis arrivé hier après-midi.

– Vous n'avez guère eu de temps pour visiter Epsilon.

– J'ai vu le secteur n°1 et la porte où vous m'avez remarqué.

– Avez-vous vu les vaisseaux spatiaux ?

– Mais… comment ? Je pensais qu'ils se trouvaient au-delà du dôme.

– Il existe un endroit dans le port où le dôme est transparent et d'où l'on peut apercevoir le terrain d'envol. En en faisant la demande, je suis sûre que vous pourriez obtenir une autorisation provisoire pour franchir la porte.

– Vous croyez ? Les vaisseaux spatiaux ressemblent-ils aux navettes ? »

Il revoyait encore ces longues flèches brillantes dressées dans le soleil au port des navettes de Nouveau Terrain.

« Non, pas vraiment. »

Elle détourna le regard un instant puis se tourna à nouveau vers lui en souriant.

« Si vous le désirez, je peux vous accompagner.

– C'est vrai ? »

Il était enchanté.

« Je serais ravi de votre compagnie, mais vous devez avoir beaucoup de choses à faire.

– Absolument pas. Je n'ai absolument rien à faire jusqu'au départ de mon vaisseau. Je suis second pilote sur un vol passagers. Nous partons pour Nexus demain soir. »

Elle se leva.

« Retrouvons-nous à l'entrée du tunnel demain matin à neuf heures, d'accord ?

– Entendu, j'y serai. »

CHAPITRE IV

Le lendemain matin, après son petit déjeuner, Jimson se dirigea vers un guichet d'information.

« Comment faire pour obtenir un laissez-passer pour le port.

– Pour quelle raison désirez-vous vous y rendre ? » demanda l'employé sans manifester d'intérêt particulier.

Jimson avait compris depuis longtemps que seules les réponses simples pouvaient satisfaire les bureaucrates questionneurs.

« Je suis artiste, et je voudrais faire un certain nombre de croquis.

– Vous avez votre disque d'identification ? »

Jimson porta la main à son poignet puis se rappela qu'il ne portait plus son bracelet, et chercha le disque dans son sac. L'employé joua avec les boutons de son clavier puis tendit deux disques à Jimson, le sien et un autre, noir.

« Le disque noir est valable seulement à la porte du port. Lorsque vous reviendrez vous pourrez le jeter, puisque sa durée de validité est limitée à une journée. N'essayez pas de vous en servir pour une autre porte, vous seriez aussitôt encagé. C'est tout. »

Leiko l'attendait près du tunnel, vêtue d'une cape orange d'une matière si brillante qu'elle éblouissait. Une fine poudre scintillante ornait ses paupières. Ils se fondirent dans le fleuve humain qui se dirigeait vers la porte du port. Leiko la franchit avec arrogance, comme si elle mettait le détecteur au défi de lui refuser l'entrée, et observa d'un air amusé Jimson qui fouillait nerveusement dans son sac à la recherche de son disque noir. Il présenta enfin le disque devant l'écran du détecteur et la barrière se leva.

« Avez-vous déjà pris un tapis roulant ? demanda-t-elle.

– Une fois seulement. »

Il assura son sac sur son épaule.

Qu'arrive-t-il, si on ne sait pas ? Ah, oui ! on tombe. Au diable cet engin ! Il saisit la main qu'elle lui tendait et exécuta un saut téméraire sur la surface mouvante et argentée.

« Bravo ! »

Ses doigts enserraient fortement les siens.

« Où allons-nous, maintenant ? »

Le tapis avançait si rapidement, qu'un petit vent venait les frapper au visage. Huit km/h ? Douze ? Plus ? Ils se trouvaient déjà au milieu des bâtiments.

« Près de la tour de contrôle, dit Leiko en tendant le doigt, il y a un carrefour ; nous changerons de bande de roulement. Elle nous mènera au bord du ciel. »

Le bord du ciel ! Il avait joué avec cette image toute la journée d'hier, et voilà qu'elle lui revenait.

Une flèche gracieuse jaillissait au milieu des bâtiments massifs. Jimson songea aussitôt aux navettes de Nouveau Terrain.

« C'est la tour de contrôle, expliqua Leiko ; elle coordonne tous les bonds dans l'hyperespace. Il y a une autre bande de roulement qui arrive sur votre droite, elle court parallèlement à la nôtre pendant un certain temps, vous n'aurez qu'à sauter dessus. »

Au carrefour elle bondit avec légèreté, comme une danseuse. Il l'imita. Les deux rubans s'écartèrent bientôt l'un de l'autre. Ils étaient seuls. Il jeta un regard en arrière : le port scintillait et le tapis roulant semblait un ruisseau courant dans le sable. Devant, il n'y avait rien, seulement un fin manteau de sable sur la roche et un horizon qui scintillait en gris-bleu. Le port était un mirage, une oasis entrevue à travers la poussière tourbillonnante.

« J'aime cet endroit, dit Leiko en montrant le paysage désertique. Je suis née sur un monde désert. »

Le tapis roulant les conduisit à une plate-forme ; là, il y avait un trou dans le ciel.

Une lumière brillante baignait une vaste étendue où s'élevaient des formes qui ressemblaient à d'énormes rochers : rondes, ovales, effilées, carrées, comme des jouets fabriqués à partir d'argile ou de cure-pipes. Ce n'étaient ni des rochers ni des jouets mais des vaisseaux spatiaux.

« Les ronds sont des vaisseaux passagers, dit Leiko, les polygonaux sont des cargos. Ceux qui ressemblent aux navettes sont des robots-sondes sans pilote. »

Leur taille défiait l'imagination. La lumière les frappait de curieuse façon et découpait sur le sol des ombres aux contours nets, qui agaçaient la vue. Au-delà des vaisseaux, un rideau d'étoiles barrait l'horizon. Ces engins ne semblaient pas avoir été faits par l'homme. Il posa la main sur la surface froide et transparente du ciel.

« Il y a une bulle là-derrière, dit Leiko.

– Quoi ?

– Une bulle. »

Elle avança son visage près du sien. Son souffle était chaud sur sa joue.

« Là. »

Du doigt, elle traça une ligne sur la surface transparente.

Soudain, il vit, ou presque, quelque chose entre ses yeux et les vaisseaux. Rien d'autre ne bougeait aux alentours. Puis cela disparut. Il attendit. Rien. Il s'apprêtait à prendre son carnet dans son sac, lorsque Leiko lui saisit le bras. Comme une pierre portée à l'incandescence, un des vaisseaux changeait de couleur et passait du pourpre au bleu, au vert, à l'orange, à l'écarlate et au rouge profond. Puis il disparut. Leiko poussa comme un petit soupir.

« Qu'était-ce ? demanda Jimson.

– Le bond dans l'hyperespace. L'émission de lumière visible est produite par la poussée. »

Jimson s'accroupit et ouvrit son carnet. Il oublia le port, la vaste étendue de sable et de poussière et le ciel d'argent pour ne plus songer qu'au vaisseau aux couleurs mutantes. Dina avait appelé griffonnages ce qui était recherche de la forme, recherche, semblable en cela aux dessins d'enfants, plus intérieure que proprement picturale. Après un certain temps, il prit conscience de la présence de Leiko et d'une douleur dans la jambe. Il regarda les pages qu'il avait remplies, couvertes de lignes dures. Il fourra le cahier dans son sac et se releva en grognant.

« Depuis combien de temps sommes-nous là ?
– Une heure, environ. Vous avez fini ?
– Oui, je crois. Merci d'être restée.
– J'ai pris plaisir à vous regarder. Le résultat est-il conforme à ce que vous prévoyiez ?
– Non.
– Peut-être peindrez-vous un tableau.
– Je devrais. »

Sur le chemin du retour vers cette cité qui, au loin, lui paraissait minuscule, Jimson songeait aux mots de Leiko : « je suis née sur un monde désert. » Elle l'intriguait. Il aurait voulu savoir où elle avait vécu, ce qu'elle avait fait, mais les usages lui interdisaient de poser de telles questions. Il jeta un regard torve au tapis roulant.

« J'ai faim, dit-elle, et vous ?
– Oui, moi aussi.
– Nous pourrions déjeuner à la tour de contrôle, si vous voulez.
– C'est donc possible ?
– Bien sûr, il n'y a rien de secret dans la salle des repas. »

L'intérieur de la tour ressemblait beaucoup à ce qu'il avait vu du secteur n°1 : de longs couloirs flanqués de portes fermées. La salle des repas était immense et comportait quatre ou cinq comptoirs de plats divers. Il se mit à renifler les odeurs étranges qui flottaient dans la salle.

« Ne vous inquiétez pas, il y a plein de choses que vous pouvez manger. »

Elle choisit un mets qui ressemblait à un oiseau nappé d'une sauce orange gluante.

« Qu'est-ce ? » demanda Jimson.

Elle dit un mot dans une langue qu'il ne connaissait pas.

« C'est bon, ça ressemble un peu au poisson.

– J'aime bien le poisson ; je vais essayer. Comment est-ce que ça se mange ?

– Avec les doigts. Prenez la sauce avec un morceau de pain », dit-elle en montrant une espèce de crêpe.

Le « pain » lui sembla léger comme du coton, mais lorsqu'il le trempa dans la sauce, il vira à l'orange puis se mit à gonfler en absorbant le liquide comme une éponge.

« Mmmm, c'est bon. »

Imitant Leiko, il saisit ce qui ressemblait à un os. La viande était de couleur rouge-orangé, ferme et délicieuse. Comme elle, il faisait alterner les morceaux de viande avec du pain trempé dans la sauce.

« Eh bien maintenant si vous allez à Verde ou dans une colonie verdienne, vous saurez que vous pouvez manger leur nourriture.

– Il y a beaucoup de Verdiens, ici, n'est-ce pas ? » demanda-t-il d'une voix légèrement crispée.

Il était en effet impossible de ne pas remarquer les nombreux groupes de gens à la peau verte, aux cheveux d'or, tous grands et vêtus de robes vertes.

« Non, pas vraiment. La plupart de ceux que vous voyez ici doivent venir de Dionis, une planète voisine, en revanche, partout dans l'espace vous verrez des Verdiens travailler sur les vaisseaux spatiaux.

– Pourquoi ?

– Ce sont de redoutables mathématiciens spatiaux. Cela est dû à leur expérience de l'espace. La perception que nous-mêmes en avons est médiatisée par les sens, la vue, l'ouïe, le toucher, etc. Il existe un sens en nous qui pourrait le percevoir directement, mais les autres sens le bloquent, l'étouffent, car nous risquerions de devenir fous. Les Verdiens, eux, le perçoivent directement. Ils peuvent le supporter. Le problème, c'est lorsqu'ils passent dans l'hyperespace. Ils ne peuvent supporter les perceptions doubles, et doivent être pratiquement endormis. Mais il n'y a aucun problème de topologie qu'ils ne soient à même de résoudre. On rencontre beaucoup d'aberrations dans l'hyperespace, lorsqu'on veut aller d'un point à un autre. Un navigateur peut mettre un mois à fournir un programme de vol à l'ordinateur. C'est comme si vous me demandiez de dessiner votre portrait, j'en serais bien incapable, alors que vous, vous feriez le mien en, disons, dix minutes. De même, un Verdien mettrait le programme au point en deux heures. Là où il y a des vaisseaux spatiaux, il y a des Verdiens pour résoudre les problèmes.

– Existe-t-il d'autres êtres, à part les Verdiens et nous ? demanda Jimson.

– On raconte des tas d'histoires, mais moi, je n'en ai jamais rencontré. Cela dit, il doit y en avoir, car il existe des millions de planètes et de systèmes que nous n'avons pas encore visités. Mais ça, c'est l'affaire des équipes-X, pas la mienne. »

Jimson ne laissait pas d'admirer l'aisance avec laquelle elle écartait ses visions. Un million de systèmes et de planètes ! Et dire qu'il ne pouvait pas lui poser de questions !

« Vous m'avez bien dit que vous étiez pilote, risqua-t-il prudemment.

– Je peux piloter n'importe quel vaisseau dans l'hyperespace, sauf les vaisseaux de colons qui se rendent aux Nuages, comme le Sigurd ou le Cordélia. Et les navettes, bien sûr. Mais je préfère les vols passagers ou les vols cargo plus petits. »

Jimson comprit soudain ce que signifiait l'interdit pesant sur les questions personnelles. On ne pouvait aborder de front les sujets touchant à la vie privée ; on ne pouvait que suggérer à son interlocuteur de le faire. Pour connaître quelqu'un, il fallait se dévoiler soi-même d'abord. Il voulait offrir quelque chose à Leiko, mais elle avait déjà vu ses dessins. Qu'offrir d'autre ?

Il prit son sac sur ses genoux.

« Est-ce que la plupart des Hypers connaissent beaucoup d'autres Hypers ?

– Ça dépend. Pourquoi ?

– Je me demandais si vous connaissiez cet homme. »

Il lui tendit le visicube.

Elle le contempla longuement, puis le lui rendit en secouant la tête.

« Non, je ne l'ai jamais vu.

– C'est mon plus vieil ami. Cela fait quatorze ans que je ne l'ai plus revu. J'ai reçu ce visicube il y a environ quatre mois ; sans message. Il n'a guère changé. Mais je ne sais ni où il se trouve, ni ce qu'il fait.

– On peut rencontrer les gens dans les endroits les plus inattendus. On peut même les rencontrer sur des mondes où on ne les cherchait pas. Le hasard est capricieux.

– Je ne sais pas par quel monde commencer mes recherches. Que me proposeriez-vous ?

– Qu'aimez-vous ? Icarus est un très bel endroit. Mais peut-être aimez-vous les montagnes ? Dans ce cas je vous suggérerais Ley. J'aime beaucoup Ley.

– Je ne suis pas grand amateur de paysages. Je préfère les gens.
– Vous avez raison. »

Une fois dans sa chambre, il prit un nouveau carnet, un gobelet d'eau, et disposa ses plumes selon son habitude, des plus épaisses aux plus fines. Il dessina la tour de contrôle, les tapis roulants, les vaisseaux spatiaux et le visage de Leiko, ne s'interrompant que pour avaler quelques gorgées d'eau et masser sa main crispée et tachée d'encre. Ce n'était pas du barbouillage, mais un travail minutieux qui, il le savait, aboutirait un jour à un ou plusieurs tableaux. Sévèrement, il s'efforça de contrôler l'excitation qui faisait courir trop vite sa plume sur le papier. C'était comme faire l'amour. Doucement. Doucement.

À la fin, il ne pouvait même plus manier la plume. Il s'écroula sur son lit, épuisé. Il s'endormit presque aussitôt.

Il rêva de Russell et lorsqu'il se réveilla, son visage et nombre de souvenirs qu'il croyait depuis longtemps enfouis s'imprimèrent devant ses yeux. Il alluma la lumière et se dirigea à pas feutrés vers le bureau où se trouvait le visicube. Ce seul message (si on pouvait l'appeler ainsi) en quatorze ans. Un visicube, aucun communigramme, rien. Maudit Russell, que ne puis-je me débarrasser de ton souvenir ! Il se frotta les yeux ; il se sentait sale, visqueux, mais point trop fatigué. Le réveil lui indiqua qu'il avait dormi tout l'après-midi. C'était déjà le soir.

Il jeta un regard aux murs blancs et nus, déjà familiers. Ses livres étaient empilés sur le sol, ses plumes rangées sur le bureau. Il décrocha le « Cavalier polonais » du mur et étendit la gravure à plat sur un cahier.

Où allons-nous, maintenant, toi et moi ? Silence.

Irons-nous à Dakar ? Mais il sentait que le cavalier connaissait déjà Dakar. De toute façon, c'était également une colonie d'artistes. Au bout d'un mois, il aurait l'impression de vivre à Las Flores. Quel ennui ! Il ne voulait pas mourir à Dakar.

La Mort parcourt lentement ses terres, à cheval.
Illustre ;
Inexorable.

Ces vers étaient extraits d'un poème qu'il avait tenté d'écrire en pensant à la gravure. Il les aimait encore.

On frappa à la porte. C'était Leiko. Elle semblait changée. Ce fut lorsqu'elle s'avança dans la lumière qu'il comprit pourquoi. Ni couleurs ni paillettes. Ses yeux n'étaient pas maquillés.

« Bonjour.

– Vous dormiez ?

– Je me réveille à l'instant.

– Vous en avez l'air, en effet. »

D'un geste machinal, il passa la main dans ses cheveux ébouriffés, puis éclata de rire. Elle lui sourit.

« Je suis venue vous dire au revoir. Je m'en vais ce soir et je tenais à vous saluer avant mon départ.

– Eh bien… je vous remercie infiniment. Vous m'avez montré des choses que, seul, je n'aurais jamais découvertes.

– Ne me remerciez pas. Votre compagnie m'a été très agréable.

– À moi aussi. »

Un silence gêné s'installa.

« Vous m'aviez dit que vous ne saviez pas encore où aller, dit Leiko.

– Oui, c'est vrai.

– Il y a de nombreux mondes à visiter, mais vous devriez commencer par Nexus. C'est là que sont basées les flottes de vaisseaux spatiaux et c'est là que je me rends. J'y resterai peut-être quelques mois avant de réembarquer. C'est un endroit qui vous intéressera ; on y rencontre une infinité de visages. »

Elle lui jeta un long regard.

« Je pensais que vous pourriez commencer vos recherches par Nexus.

– …

– Il est parfois difficile de se décider. »

Elle s'approcha de lui, posa ses mains sur ses épaules et l'embrassa. Ses lèvres étaient douces. Ses cheveux balayaient le visage de Jimson comme une soierie vaporeuse. Deux petits nuages de taches de rousseur piquetaient ses joues de part et d'autre du nez. Elle éloigna son visage du sien.

« J'espère que ça vous portera chance ; où que vous alliez. »

Sur le pas de la porte, elle se retourna :

« À Nexus, je passe le plus clair de mon temps dans un bar du Port, chez Rinn. »

Puis elle s'éloigna, la démarche souple et glissante, comme si elle marchait sur un tapis roulant.

CHAPITRE V

Cet été-là, l'été du lierre,
Nous fîmes l'amour lentement, dans une petite chambre,
Tandis que les branches vertes grimpaient à l'assaut du mur
Jusques à nos fenêtres.

Il dessinait encore Leiko. Il y avait pourtant d'autres visages, dans ce bar surpeuplé, mais elle avait adopté une nouvelle position, accroupie sur son siège, le menton sur les genoux, une hanche appuyée contre le rebord de la table. Le visage tourné de l'autre côté, elle parlait avec de nombreux gestes. Il s'efforçait de saisir son attitude avant qu'elle ne bougeât. Sous sa fine chemise, ses muscles se tendaient comme des cordes d'arc. Puis elle se relâchait, et redevenait fluide comme un poisson, douce comme un chat. Elle se retourna ; ils échangèrent un sourire.

D'un geste, Chora enleva le verre vide qui traînait devant Jimson et le remplaça par un autre, plein.

« C'est pour la maison », dit-elle.

Jimson se tourna vers Rinn et le remercia d'un signe de tête. Le patron du bar esquissa un vague sourire sans cesser d'essuyer ses verres d'un geste régulier. Des rangées de verres propres étincelaient devant lui comme autant d'os polis et satinés. Un jour, d'humeur macabre, Jimson avait proposé de peindre gratuitement sur tous les verres le symbole de la mort, la tête de mort avec ses deux tibias entrecroisés. Rinn avait poliment refusé ; en souriant.

« Un autre dessin, bien volontiers, avait-il dit, mais une tête de mort sur les verres, ce serait mauvais pour le commerce. »

Jimson savourait la morsure froide de la boisson. Il y avait maintenant sept tableaux de lui sur le mur, en comptant le nu de Leiko que quelqu'un avait acheté mais n'avait pas encore emporté. Il avait presque refusé de le vendre. Elle ne voulait plus poser pour lui.

« Je peux te trouver dix corps merveilleux, là, au coin de la rue. Je suis maigre, j'ai les cheveux filasse, mes os pointent de partout et j'ai une sale tête. »

Quelqu'un, un jour, lui avait dit qu'elle était laide. Il se mettait à haïr férocement l'imbécile chaque fois qu'elle refusait de poser pour lui. En revanche, cela ne la gênait absolument pas qu'il la dessinât ainsi, dans le bar.

Elle riait, à présent, la tête rejetée en arrière et les yeux brillants. Ses yeux étaient gris, ni gris-vert ni gris-argent, mais éclairés de minuscules sillons métalliques, comme des veines de minerai d'argent au flanc d'une roche. Quatre mois déjà qu'il faisait des dessins d'elle, et il se faisait encore l'effet d'un enfant en train d'aligner des bâtons. *Alleca, tu n'es qu'un merdeux de débutant.*

Elle vint se planter devant lui.

« Qu'est-ce que ça donne ?
– C'est frustrant.
– Le dernier tableau que tu as vendu a payé le loyer.
– Et merde pour le loyer ! »

Elle éclata de rire et s'éloigna. Le loyer n'était pas très élevé mais il ne gagnait guère plus et Leiko rien du tout. Il sourit en songeant à ce que diraient ses amis de Nouveau Terrain en le voyant ainsi, assis dans un bar, s'efforçant à tout prix de dessiner. Il y avait de plus en plus de bruit, la salle était bondée et l'atmosphère tendue. Une bagarre pouvait éclater à tout moment.

Il y avait toujours des bagarres chez Rinn. Une fois par semaine, au moins, Chora devait vider un ivrogne à coups de poing. Si Rinn ne semblait pas trop se soucier des bagarres, il était en revanche intraitable sur le chapitre des armes. Les porteurs de couteaux, de pistolets hypnotiques (utilisant des fléchettes contenant un sédatif ou un somnifère puissant), se voyaient refuser l'entrée du bar.

Le bar était sombre (Rinn n'allumait que quelques lampes), mais il scintillait de toute part. Les murs étaient faits d'une matière scintillante, la cire scintillait sur le sol, peaux et vêtements jetaient leur éclat dans la pénombre. Certains joyaux étaient authentiques. Un rythme rapide, sauvage, électrisait l'atmosphère ; dans la pièce voisine, Capt frappait sur de petits tambours ronds dont la peau, bien que cela fût interdit, avait été prise sur un animal.

Chora se penchait sur les tables, maniant son plateau avec dextérité, comme s'il n'eût rien pesé. C'était une Skellienne grande et musclée comme une haltérophile. Elle était née sur un monde où la gravité avoisinait les deux g ; celle de

Nexus étant proche de celle de la Terre, elle flottait avec une grâce un peu maladroite et déconcertante.

Miri Ikt s'assit aux côtés de Jimson. Elle prétendait être Égyptienne, de la Vieille Terra, et ce n'était pas impossible, après tout. Elle était navigateur sur l'immense vaisseau-colonie, le Sigurd, qui, à travers l'hyperespace, sautait jusqu'aux Nuages de Magellan. Le seul voyage aller demandait déjà quatre-vingt-une années standard, et Miri racontait à qui voulait l'entendre qu'elle l'avait accompli deux fois. Elle ne devait pas avoir plus de vingt-deux ans. Le Sigurd se trouvait en ce moment au port de Nexus. Denny et Kay, dockers du port, se tenaient au comptoir. Ils étaient régulièrement saouls une bonne partie de la journée. Langoureusement appuyé au coin du bar, Chi, vêtu de vert, les cheveux blonds comme l'or, était abominablement saoul. À quelques pas de lui était assis Ysao, un véritable géant et peut-être un télépathe dont tout le monde avait un petit peu peur. On chuchotait qu'autrefois (dans une autre vie, peut-être), Ysao avait fait partie des célèbres équipes-X, les équipes d'exploration, qui, les premières, se posaient sur les mondes nouvellement découverts. On racontait également (mais Jimson n'avait aucun moyen de le vérifier, car qui aurait enfreint la coutume en allant le lui demander ?) qu'Ysao disparaissait chaque année pendant un certain temps et se rendait au centre Psy où il participait à l'entraînement de la nouvelle promotion de télépathes (ces jeunes télépathes, Jimson les imaginait blonds et minces comme des tiges de blé). Et puis il y avait Leiko. Et Jimson assis dans ce coin qui avait fini par devenir sien parce qu'il s'y asseyait toujours. Enfin, une cinquantaine d'autres personnes.

Jimson se concentrait sur son dessin, mais les mots du communigramme qu'il avait reçu la veille ne cessaient de tourbillonner dans son esprit.

Jimson Alleca : Vous auriez pu au moins dire à quelqu'un où vous alliez. J'ai mis un temps fou à vous retrouver. Travaillez-vous ? Je l'espère pour vous, car vous me réglerez le prix du communigramme. Je vous assure une exposition et un acheteur. J'ai fait discrètement courir le bruit que quelque chose de nouveau était en train de se préparer. Gardez le contact. Samson.

« Qui est ce Samson ? avait demandé Leiko.

– Je me demande comment il a fait pour me retrouver.

– Qui est-ce ?

– Mon agent. Il vend mes tableaux et organise mes expositions. C'est un type débrouillard. *Et pour me retrouver, il fallait être débrouillard.*

– Tu as travaillé très dur, » avait dit Leiko en contemplant les esquisses qui jonchaient le sol et le bureau.

« Que de portraits ! »

Malgré les bruits du bar, il comptait mentalement les tableaux et les dessins. J'enverrai les portraits et les nus. J'aimerais en faire un en plus. Ah ! si elle voulait encore poser.

Elle s'approchait de lui, ses cheveux brillaient dans la pénombre.

« J'aimerais rentrer à la maison », chuchota-t-elle en posant sa joue contre la sienne.

C'était une maison pauvre de quatre pièces, dans un des vieux quartiers du Port, la capitale de Nexus. Lorsque cette maison avait été construite, il était à la mode de vivre au milieu d'un jardin. Las ! À l'heure actuelle, le jardin n'était plus qu'un fouillis inextricable, un petit carré de jungle. Le lierre grimpait le long des murs et, par la fenêtre, s'insinuait jusque dans la chambre à coucher. Les nuits d'été étaient chaudes. Ils poussèrent le lit sous la fenêtre et, sous la coulée d'air frais qui séchait la transpiration sur leurs corps, ils contemplèrent les lumières de la ville que leur renvoyaient le plafond et les murs. Après un moment, Leiko tira le drap sur eux deux et se serra contre lui, le visage sur sa poitrine, une main sur sa hanche. Les battements de leurs cœurs semblaient se fondre puis se séparer pour se fondre à nouveau.

« Lady ?

– Oui ?

– Puis-je faire un autre dessin de toi ?

– Tu veux dire nue ?

– Mmmmmm.

– Tout ce que tu voudras », dit-elle, flattée.

Mais elle ajouta aussitôt :

« C'est idiot. Je ne suis pas belle.

– Tu es très belle.

– Non. »

Il lui embrassa la main.

« Sais-tu de quelle couleur sont tes cheveux ?

– Brun sale, suggéra-t-elle.

– Ils ont la couleur d'une écharpe en soie aux teintes de cuivre poli qui flotte sur un étang et que le soleil illumine. »

L'image la frappa tellement qu'elle oublia de se moquer de lui. Peut-être tiendrait-elle parole et lui laisserait-elle faire un autre nu d'elle avant son départ. Quatre mois sur une planète, voilà qui était long pour une Hyper. Excellent pilote, elle trouverait sans peine une mission.

Lorsque le désir de l'espace se ferait trop violent, elle le quitterait, même s'il lui fallait recruter son équipage parmi les têtes fêlées et les camés qui hantaient les nuits du Port. Elle partirait, et lui, ne la verrait plus jamais, sauf peut-être sur quelque tableau accroché au mur dans la maison d'un étranger.

Elle soupira et se blottit contre lui.

« J'aime bien… la soie sur l'eau. »

Sa main glissa contre son bras.

« L'été du lierre.

– Tu sais… »

Il prit l'air confus.

« J'ai jeté un œil sur tes papiers, un jour. Il n'y avait pas marqué top-secret et j'ai lu tes vers. Qu'y avait-il après ?

– Rien. »

Il lui fallut environ un mois pour terminer les dessins et les tableaux. Un invraisemblable fouillis envahissait la maison : papiers entassés, plumes brisées, copeaux de bois qui enroulaient grotesquement leurs boucles dans les coins. Exaspérée, Leiko rodait dans la maison comme une lionne en cage.

« Quand auras-tu fini ?

– Quand ce sera terminé, dit-il sèchement.

– Je sors. Je vais chez Rinn, ou peut-être sur le port. »

Il contempla le dessin sur son bureau. Il était bon. Très bon. Tournée de trois-quarts, Leiko le regardait, nue dans une pièce vide. En contrepoint du décor dépouillé, tout en elle rayonnait, ses yeux, sa peau, ses cheveux. Il avait utilisé des pastels et obtenu la texture qu'il recherchait. Sa peau changeait après l'amour, rassasiée, plus dense, presque de la fourrure. C'était comme si des torches se mettaient à crépiter dans sa tête lorsqu'il regardait cette gravure.

Deux autres dessins produisaient en lui le même effet. Un d'entre eux était né d'un incident chez Rinn. Cette nuit-là, un brouillard épais engluait la ville ; ce n'était pas un temps à mettre un touriste dehors. La surprise de Jimson fut grande lorsqu'il les vit entrer : trois femmes, deux hommes, et, derrière eux, quatre hommes qui les suivaient, le regard à l'affût. Il se pencha vers Leiko :

« Qui est-ce ?

– Roman De Vala et… des amis.

– Mais encore ?

– Il vit ici. Il a des gardes du corps et sort ses riches amis dans les bars de Hypers. C'est un grand amateur d'art. Il dit qu'il est Terrien, ce que la rumeur semble confirmer d'ailleurs.

– Lequel est-ce ?

– Le petit, avec les cheveux noirs. »

Jimson l'observa à la dérobée. Il était grossier de regarder ainsi les gens, et des bagarres avaient éclaté pour moins que cela ; à moins, bien sûr, que l'on ne s'appelât Ysao ou Chi et que l'on eût pour soi le fait de s'accouder paresseusement à une table avec une suprême élégance. Personne ne cherchait jamais querelle à Chi. De Vala examinait avec attention les tableaux de Jimson. Soudain, il se dirigea à grands pas vers la table que Chora avait donné à leur groupe, et se mit à parler avec une des femmes. Bien que certains Hypers se recouvrissent entièrement le visage de paillettes, Jimson n'avait encore jamais vu personne porter de masque. Celui-ci était bleu, et figurait un visage de Japonaise, délicatement ciselé avec des sourcils fins et arqués. Les yeux étaient soulignés d'un trait de noir, mais aucun orifice n'était ménagé dans le masque. À quoi bon sortir, se demanda-t-il, si on ne peut ni voir ni être vu ?

L'attention générale s'étant détournée des nouveaux arrivants, le volume sonore remonta lentement jusqu'à atteindre son niveau habituel. À l'abri sur les hauteurs de son tabouret de bar, Denny grommelait des insultes sous l'œil vigilant de Chora, prête à tout moment à lui administrer une gifle magistrale.

Tout aurait continué à bien se passer si Ysao n'avait précisément choisi ce moment pour se diriger d'un pas traînant vers la porte. Il avait des paillettes dans la barbe, de petites boules turquoise aux oreilles et un anneau turquoise dans le nez. Avec sa chevelure hirsute et ses deux mètres cinquante de haut, il était assez effrayant. Une des nouvelles venues poussa un cri en le montrant du doigt. Un de ses compagnons rit. Un silence lourd s'installa dans le bar. Ysao s'immobilisa, toisa un instant le groupe, et laissa tomber d'une voix forte deux phrases particulièrement méprisantes. De Vala pâlit. L'autre homme, lui, devint rouge de colère et se mit à hurler. Denny se glissa derrière Chora et les verres commencèrent à voler.

Le dessin à la plume qui représentait la scène était heurté et éclaté comme le miroir que Ysao avait brisé. Jimson était inquiet à propos de son dessin ; il ressemblait si peu à ce qu'il avait l'habitude de faire. La qualité du trait cependant ne faisait aucun doute.

Le troisième était un portrait d'Ysao, une gravure sur bois. Un portrait de face : le géant était assis sur une vieille chaise en bois trop petite, ses énormes mains posées sur les genoux. Son buste, déformé, était grotesque, le visage, bosselé par les os qui saillaient. Mais, derrière son regard calme perçaient la puissance et une tranquille assurance.

Sammy organisa pour lui une exposition sur une planète nommée Mage. Jimson emballa ses toiles et ses dessins, puis Leiko et lui se rendirent au port pour voir partir le vaisseau. Leiko connaissait admirablement le dédale de tapis roulant qui menait au port ; à leur arrivée, ses yeux pétillants de plaisir faisaient paraître terne la coque argentée du vaisseau. Le désir se lisait sur son visage. En contemplant les différentes métamorphoses de l'appareil avant le bond, on voyait naître un véritable arc-en-ciel. Mais l'arc-en-ciel ne se déployait jamais, il demeurait un frisson intérieur, un simple murmure de la rétine. Elle se pencha par-dessus la rambarde, les yeux fixés sur l'endroit que venait de quitter le vaisseau, comme si elle écoutait le vent qui s'engouffrait à sa place.

Avant même qu'elle se fût tournée vers lui, Jimson savait ce qu'elle allait lui dire.

« Bientôt il faudra que je parte.

– Je sais. »

Le soir, chez Rinn, elle tenta de le lui expliquer. Sa voix se faisait murmure pour se glisser sous le brouhaha et le martèlement sourd des tambours.

« L'hyperespace, c'est comme le commencement de toute chose. L'entropie est plus lente. Dans les congruences où se trouve notre galaxie, il y a l'espace et la poussière brillante. La poussière crée des formes. On les appelle protoétoiles. Lorsqu'on s'y trouve, c'est tout ce qu'il y a. L'hyperespace, c'est l'univers. On en sort, bien sûr, pour retrouver Nexus ou Terra ou Nouveau Terrain et l'herbe et la lumière du soleil, mais on y retourne, et on est seul. Sur un vaisseau aérien on peut parfois apercevoir un autre vaisseau aérien, dans le ciel, parallèle au sien, ou plongeant dans les nuages, mais c'est une chose qu'on ne voit jamais dans l'hyperespace ; je ne sais pas pourquoi. On est seul. Le silence est si lourd, en dehors du vaisseau, qu'on a l'impression de respirer de la poussière et non de l'air. Le vaisseau devient ta peau. Tu comprends ?

– Non.

– Non, répéta-t-elle tristement, toi tu ne sais que dessiner. »

CHAPITRE VI

Elle se mit à la recherche d'un vaisseau.

Chaque matin elle enfilait une combinaison de couleur éclatante et recouvrait ses paupières de fard scintillant.

« Où vas-tu ? » avait demandé Jimson le premier soir.

Il ne s'était pas couché ; il avait attendu son retour, très longtemps… En retard d'une pilule, il souffrait.

« Le Bar du Corbeau. Liathera et le Dragon.

– Et pourquoi pas chez Rinn ?

– Ce n'est pas là que vont les capitaines. »

Son absence l'accablait. Il se sentait vide et seul. Le Rinn, sans elle, était comme un désert. Deux semaines après le départ du vaisseau pour Mage, il reçut un communigramme de Sammy : félicitations et une solide avance. Cela le fit à peine sourire ; il n'y avait personne avec qui partager la bonne nouvelle, et bientôt, elle serait tout à fait partie. Il allait déménager. Il ne pouvait continuer à vivre dans la maison où la fenêtre envahie de lierre lui ferait sans cesse penser à elle.

Chez Rinn ce jour-là, Ysao l'invita à sa table. Ils s'étaient découverts de la sympathie l'un pour l'autre au cours des longs après-midi passés à lui tirer le portrait.

Il montra le communigramme à Ysao.

« Bravo ! s'écria le géant. Ça mérite que tu m'offres un verre, non ?

– Excellente idée, dit Jimson en se dirigeant vers le bar. La même chose, dit-il à Rinn, pour lui et pour moi. »

Il rapporta les deux verres et vida le sien d'un trait. Cela le revigora.

« Tu ne devrais pas te saouler, fit Ysao.

– Et pourquoi pas, s'il te plaît ?

– C'est encore le matin, tout simplement.

– Je sais. Mais il n'y a absolument personne, ici. »

Il se sentait désespéré.

« Aies foi en la chance, dit Ysao. Elle te rend toujours ce qu'elle t'a enlevé. »

La chance. Autrefois on l'appelait Dame Fortune. Maintenant, elle se nommait *la chance*, elle avait perdu son visage mais point sa force. Tous les Hypers y croyaient. La chance pouvait être mauvaise, c'était l'infortune, et elle pouvait être l'heureux hasard. La déesse de l'hyperespace.

« Allez, viens », fit Ysao en se levant.

Il était très impressionnant, debout.

« On va faire un tour. »

Il y avait plusieurs moyens de circuler dans Le Port. Au niveau du sol : les tapis roulants. Le Pont qui les surplombait, une plate-forme surélevée où l'on pouvait flâner à loisir en regardant les têtes filer à bonne allure juste en dessous. Puis, au-dessus du Pont, les bulles qui, nuit et jour, glissaient sur les câbles comme des joyaux sur une chaîne, légères et rapides. À la nuit tombée, éclairées de l'intérieur, leurs parois translucides chatoyaient en vert, en rose, en jaune et en bleu, elles formaient une ronde dansante de gemmes vivants. Leiko ne s'en lassait jamais ; elle ne perdait pas une occasion d'y monter. Jimson, lui, trouvait que les bulles tanguaient un peu trop dans le vide, mais ils les empruntaient de temps à autre, simplement pour contempler d'en haut la cité magique, bleue, rose, rouge.

Les sous-sols étaient sillonnés par les câbles des génératrices d'électricité ; dans le ciel régnaient les navettes aériennes, celles qui pouvaient vous emmener jusqu'aux trois lunes de Nexus si vous le désiriez… Au-delà, c'était l'hyperespace.

Ils marchèrent un moment sur le Pont. En dépit de sa haute taille et de ses difformités, Ysao se déplaçait avec l'aisance d'un danseur ou d'un acrobate. Cela lui donnait une démarche étrange, légère mais incertaine. Comment faire pour lui demander ? s'interrogeait Jimson.

« Ça doit être la barbe d'utiliser la main courante quand on est si grand, non ? fit-il, d'un ton anodin.

– Bof, j'ai un bon sens de l'équilibre. J'ai voyagé dans nombre de mondes différents, ça t'apprend à tenir sur tes jambes où que tu sois. En plus je suis ingénieur, tu sais, je suis entraîné à travailler en apesanteur. »

Jimson tentait, en vain, de s'imaginer flottant et tombant dans l'espace.

« T'as pas faim ? demanda tout à coup Ysao. Je mangerais volontiers un morceau, moi.

– Comme tu veux.

– Je connais un endroit. Descendons prendre un tapis roulant. Ce n'est pas loin. »

Ils changèrent de tapis deux fois, puis sautèrent brusquement pour se retrouver dans une ruelle.

« Nous sommes suivis, dit Ysao. Nous avons été suivis tout le long du chemin.

– Suivis ? répéta Jimson, l'air stupide.

– Je l'ai senti dès ton arrivée chez Rinn. Il y avait quelqu'un là qui s'intéressait à toi. C'est aussi évident que quand on presse un bouton pour allumer la lumière. J'ai essayé de voir qui c'était, en le baladant un peu d'un tapis à l'autre, mais le diable se protège sacrement bien. Je ne suis pas vraiment sûr qu'il le fasse exprès, mais ça m'en a quand même tout l'air. »

Ses énormes sourcils se rejoignirent.

« T'aurais pas des ennuis, par hasard ?

– Pas que je sache, non », dit Jimson.

Il s'abstint de demander à Ysao s'il était sûr de lui, le géant aurait pu s'en trouver insulté. Jetant un bref regard autour de lui, Jimson jugea soudain la ruelle beaucoup plus sinistre. Appuyé à un mur Ysao avait fermé les yeux et il fredonnait.

« Ça y est, je l'ai, dit-il en rouvrant les yeux. Viens, on y va. »

Ils traversèrent une place. Jimson ne pouvait s'empêcher de regarder derrière lui. Personne ne les suivait… et Ysao, où avait-il disparu ? « En bas » dit une voix grave. Il y avait une volée de marches étroites. D'un pas hésitant, en s'appuyant au mur, Jimson rejoignit Ysao.

« Qu'est-ce que tu fais là ? »

Et il se retrouva dans une longue pièce : des tables, des chaises, un bar... et, venant de quelque part, le son familier d'un tambour. Une arrière-salle, comme chez Rinn. Jimson se détendait... puis il sentit flotter jusqu'à lui comme une sombre volute... qui l'avertissait : *nous n'aimons pas les étrangers... Vas-t'en.* Il n'y avait pas d'erreur possible, en revanche il y avait un esprit, d'où cela venait.

Ysao, s'il avait perçu le message, ne semblait pas le moins du monde impressionné.

« Allez, viens », dit-il.

Il se dirigea vers une petite table triangulaire où une seule personne était assise. Une femme. Elle dodelinait de la tête, soûle ou endormie.

Elle se redressa. Un visage pâle. Des yeux sombres. Des yeux auxquels l'on ne pouvait s'arracher. La femme parlait avec Ysao.

« D'accord, disait-elle. Je vais te le trouver. Vas t'asseoir. »

Un peu comme un somnanbule Jimson se laissa conduire à une table. Il se frotta le visage des deux mains pour effacer cette pénible impression d'avoir été avalé... quasiment dévoré. Le géant le regardait d'un air désolé.

« Ça va ?

– Ça va aller. Où diable sommes-nous ?

– C'est le bar du Corbeau, dit Ysao. Elle, c'était le Corbeau. Elle va localiser notre suiveur. Tiens, bois ça. Ça te fera du bien. Si je t'avais prévenu, tu aurais essayé de te fermer et c'aurait été encore pire. »

Jimson vida son verre d'un seul trait.

« Elle n'est pas hostile, n'est-ce pas ? Si c'est ça que tu veux dire, moi je veux bien essayer de te croire. »

Il jeta un regard circulaire. L'endroit avait l'air assez minable en comparaison de chez Rinn, jusqu'à ce que l'on s'aperçût que tout y était en bois. Du vrai bois de couleur sombre, chaude à l'œil. Tout le long du bar, courait un motif répétitif, un oiseau aux ailes déployées, un corbeau. Les lumières étaient douces, tamisées. Pas de scintillement.

« L'arrière-salle est assez animée, dit Ysaa. Mais le Corbeau est un endroit tranquille pour discuter. Seuls les Hypers viennent là. Tu n'y verras jamais de touristes. Sans moi, tu n'aurais même pas descendu les marches. Le Corbeau est toujours assise à sa petite table, et elle a l'œil. Quand on cherche un vaisseau, un boulot ou une personne, ou même si l'on ne sait pas soi-même très bien ce que l'on cherche, il suffit de venir ici. On est sûr d'être conduit droit au fait… Elle est rapide et efficace. Il y en a qui n'aiment pas ses méthodes. Certains ne viennent jamais ici.

– Je comprends ça », dit Jimson.

Leiko était là, devant lui, resplendissante dans un flamboiement orange.

« Bonjour, dit-il.

– Qu'est-ce que tu fabriques ici ?

– C'est compliqué, intervint Ysao. Le Corbeau lui rend un petit service.

– Je n'y comprends rien moi-même, de toute façon, dit Jimson.

– Bon. N'essaye pas de m'expliquer alors. »

Elle s'assit.

« La chance me boude aujourd'hui. Je suis restée dans l'autre pièce à écouter de la musique. J'allais chez Liathera, mais puisque vous êtes là, je vais traîner encore un petit moment avec vous.

– J'ai eu un communigramme de Sammy aujourd'hui.
– Les nouvelles sont bonnes ?
– Disons que je n'aurai pas à m'inquiéter pour le loyer pendant un bout de temps. »
Elle l'embrassa, puis se mit à rire.
« Tu as plein de paillettes sur toi maintenant. »
Elle se tourna vers Ysao.
« Le bruit court dans l'arrière-salle que De Vala a du boulot pour quelqu'un. De Vala…
– Roman De Vala ? risqua Jimson.
– Oui. Je voudrais bien savoir ce que c'est.
– Va lui demander, suggéra Ysao.
– C'est une idée, mais je préfère m'abstenir. Il est riche, d'accord, mais louche. La plupart des boulots qu'il propose, à ce qu'on dit, sont un peu bizarres. »
Jimson sentit une présence derrière lui. Il se retourna. Le Corbeau le regardait.
« La personne que vous cherchiez vient juste de descendre les marches. Je pense qu'il ne va pas tarder à venir vous voir.
– Merci », dit Jimson.
Une silhouette vint se glisser sur la chaise vide.
« Êtes-vous l'artiste qui dessine chez Rinn ? »
Son visage était dissimulé sous une sombre capuche. Jimson avait soudain les mains glacées. Dans les plis de la cape brillait le médaillon des capitaines.
« C'est moi, oui, dit Jimson. Voulez-vous que je vous tire le portrait, capitaine ? »
L'homme rejeta sa capuche en arrière. Ses cheveux mousseux jetèrent des reflets de cuivre. Les yeux verts. Des joyaux d'un vert éclatant dans les oreilles. Sa voix

avait changé ; plus mûre et plus profonde ; en elle résonna néanmoins tout un passé révolu.

« Le Corbeau me connaissait, dit Russell, de sorte que j'étais bien obligé de me découvrir. Y a-t-il un endroit où l'on pourrait parler tranquillement ? Chez toi, par exemple ?

– Pirate, dit Ysao à voix basse. Tu ne te montres plus trop, ces temps-ci.

– Bah, je n'étais pas bien loin. Tu crois que le Corbeau nous laisserait sortir par-derrière ?

– Je peux toujours lui demander », dit Ysao.

La main de Russell se posa sur celle de Jimson. Une main chaude et forte.

Leiko ne le quittait pas des yeux.

« J'ai entendu parler d'un capitaine nommé Pirate, dit-elle. Il a un vaisseau qui s'appelle la *Morgana*.

– Tu cherches un navire ?

– Oui. Je suis pilote.

– Le Corbeau dit qu'on peut y aller », dit Ysao en revenant.

Au fond de l'arrière-salle une tapisserie dissimulait une porte qui ouvrait sur un escalier à peu près aussi raide qu'une échelle. Ils se retrouvèrent dans la nielle. Russell se tourna vers Ysao :

« Sommes-nous suivis ? »

Le géant secoua la tête en signe de dénégation.

« Où habites-tu ? » demanda ensuite Russell à Jimson.

Ce fut Leiko qui le lui expliqua. La bouche sèche, Jimson était incapable de proférer la moindre parole. Russell rabattit sa capuche sur son visage et les conduisit dans un dédale de petites rues ensoleillées. Ils rejoignirent le Pont où ils se perdirent dans le va-et-vient de la foule. Une expression de joyeuse excitation illuminait les traits de Leiko. Les bulles au-dessus d'eux se balançaient comme des yeux luisants de vigilance.

Personne ne les avait suivis. Ysao le jura.

« Pirate, dit-il en arrivant dans la maison, tu te protèges drôlement bien. J'ai bien senti qu'on nous filait… mais incapable de t'identifier. Tu t'es exercé ?

– Pas mal, oui. »

Russell posa les deux mains sur les épaules de Jimson.

« Surprise, dit-il avec douceur. La dernière personne que tu t'attendais à rencontrer ici, pas vrai ? »

Jimson répéta ce qu'un jour Leiko lui avait dit :

« On peut rencontrer les gens dans les endroits les plus inattendus. »

Il ne put s'empêcher d'ajouter :

« J'ai longtemps espéré que tu reviendrais à Nouveau Terrain. »

Russell s'écarta de lui.

« Un jour je t'expliquerai pourquoi je ne suis jamais revenu, dit-il en se laissant tomber dans les coussins. Mais quand j'ai vu ton exposition sur Mage, je me suis dit que tu ne pouvais être qu'à Nexus. Et j'ai dévalé l'hypespace pour te rejoindre ici. Je pensais… il fut un temps où j'étais convaincu que tu ne pourrais quitter Nouveau Terrain. C'était ce que tu disais.

– Cela a été une décision subite, dit Jimson.

– As-tu jamais reçu mon visicube ?

– Je l'ai reçu, oui.

– Je tenais à ce que tu saches que je ne t'avais pas oublié. »

Jimson étreignit ses accoudoirs. Tu m'as bien oublié pendant quatorze ans. Qu'est-ce que tu foutais durant toutes ces années ? Hein, Russell ?

« Comment savais-tu que j'étais sur Nexus ? se contenta-t-il de demander.

– À cause du portrait d'Ysao », répondit Russell.

Il se leva. Sa main vint se poser avec légèreté sur la nuque de Jimson.

« Il n'y avait que deux endroits où Ysao et toi pouviez vous rencontrer. L'un de ces endroits était chez Rinn. »

Il garda le silence sur le second lieu.

« Il faut absolument que tu vois ma *Morgana*, dit-il à Ysao. Je viens d'y installer un matériel de pointe : un détecteur automatique et un nouveau pupitre de contrôle. Jamais de problèmes insolubles avec ça.

– Sûr que ça doit valoir le déplacement ! s'écria Ysao.

– Elle est au port, la pauvrette, coincée entre ses grandes sœurs comme un pois dans une gousse bien pleine.

– Combien de temps peux-tu… vas-tu… rester ? bredouilla Jimson.

– Ma foi, ça dépend. Tout ce que je sais c'est que les flics de l'hyperespace ne m'ont pas à la bonne, ces temps-ci. Personne d'autre ne m'en veut. Mais si ça commence à sentir le roussi dans les parages, ou si je m'ennuie, eh bien, je partirai. Il se peut que j'aie besoin de me trouver un boulot, ou un équipage.

– Qui veut du vin ? demanda Leiko.

– Si je comprends bien tu n'œuvres en général pas dans la plus stricte légalité, fit Jimson.

– En général pas, c'est sûr », convint Russell.

Sa main vint de nouveau effleurer la nuque de Jimson.

« Assez rarement, même. Tu te souviens, Jim, je n'ai jamais été très calé pour attendre tranquillement dans un coin ce dont j'ai envie.

– Je m'en souviens, en effet », soupira Jimson.

Tu n'as jamais su attendre, Russell. Tu voulais les étoiles, et tu ne pouvais pas m'attendre. Il chassa l'amertume qui s'infiltrait à la manière d'un poison.

Leiko apporta une bouteille et quatre verres. Ysao les servit. Le liquide était d'un jaune crémeux. Russell prit son verre et but une gorgée, puis il le leva en direction de Leiko :

« Merci. Voilà qui est parfait pour des retrouvailles. »

Jimson se pencha pour prendre son verre. Plus tard il se rappellerait ce moment, brefs éclairs traversant la chaude vapeur du vin. Il y avait de la musique… douce, puis rapide et durement cadencée. Leiko dansait, mince et souple comme une flamme au milieu de la pièce. Assis sur le sofa, Ysao tenait la bouteille qui dans ses mains énormes ressemblait à une dérisoire divinité. Il parlait avec Russell. De l'encens brûlait. Leiko vint un instant s'asseoir sur les genoux de Jimson ; ses cheveux sentaient la prune, ses lèvres avaient le goût du vin. Russell s'était installé sur l'accoudoir de Jimson. Jimson qui parlait et parlait… un débit désordonné et trop abondant : Nouveau Terrain… son art, la clinique et le disque de prescription, Ensel le monstre télépathe et la lune Epsilon… Le jour vira au mauve et ce fut la nuit. Une nuit qui n'en finissait pas, quand tout à coup ce fut le matin… ils sortirent pour voir s'éteindre les lumières de la cité, juste avant que surgît le soleil.

« Je crois que des feuilles de vigne dans les cheveux m'iraient à merveille ce matin, dit Jimson.

– Déjà que tu ne tiens pas bien sur tes jambes, lança Leiko en riant, sûr qu'avec ce poids supplémentaire tu te retrouverais le cul par terre. »

Russell s'approcha de la fenêtre au lierre, il en arracha une longue guirlande feuillue et posa sur les cheveux de Jimson une couronne scintillante de rosée.

« Bacchus », déclara-t-il.

Il caressa la joue de Jimson qui sourit. C'était Russell qui était dionysiaque avec ses boucles flamboyant dans le soleil et son visage rosi par le vin.

Ils montèrent sur le toit, Tous tanguaient un peu.

« Je ne suis pas soûl, dit Jimson. Je ne sais pas très bien ce que je suis, en vérité.

– Tu es envoûté, dit Leiko. Ensorcelé. »

Téméraire mais vacillant, Jimson se dressa sur la ligne de faîte.

« Je marche droit, regardez. »

Russell lui saisit le bras et le fit redescendre.

« Pour ça non ! dit-il. Tu ne marches pas droit. Les lignes droites ne mènent nulle part ; elles sont imaginaires. On tourne en rond, mon vieux, en rond, et ça ne s'arrête jamais… »

Ses mains décrivirent un grand cercle dans l'air.

« Tu n'as qu'à voir le soleil. »

Et ils virent le disque solaire naître des ombres de la cité pour entamer sa ronde infinie sur l'arc bleu du ciel.

CHAPITRE VII

À midi Jimson était dans la cuisine. Il se tenait la tête à deux mains.

« Une tête d'occasion, ça t'intéresse ? demanda-t-il à Leiko qui entrait. Je t'en ferai un bon prix. Six mois de soins attentifs et elle sera comme neuve. C'est une affaire !

– Non, merci. J'ai ce qu'il me faut.

– Est-ce qu'on ne transplante pas les têtes ? »

La douleur lui martelait l'œil droit et irradiait depuis la nuque jusqu'aux arcades sourcilières.

« Je vais te donner un comprimé, dit Leiko. D'ici quelques heures il n'y paraîtra plus.

– Dans quelques heures tu seras bien trop occupé pour penser à ta tête », lança Russell.

Il les rejoignit dans la cuisine, faisant mine de flairer.

« Du café ! Du vrai de vrai !

– Je me demande comment vous pouvez avaler ce truc amer, dit Leiko. Miri adore ça, elle aussi.

– C'est qu'elle vient de Vieille Terra, Nouvelle Terra ou Nouveau Terrain, expliqua Russell. Ceux qui viennent de ces mondes boivent des litres de café. Même les enfants. Je pense qu'il faut imputer ce goût bizarre au lait maternel. »

Il éclata de rire.

« Ysao va passer d'une minute à l'autre. »

Jimson leva un sourcil.

« Ah bon ?

– Oui. J'ai à lui parler ainsi qu'à Leiko. J'ai pensé que le plus simple était qu'il nous retrouve ici.

– Je vois.

– Nous avons déjà travaillé ensemble autrefois, continua Russell. Il faut que je lui parle d'un boulot.

– Un boulot ? »

Mais tu viens seulement d'arriver. Russell sourit. Jimson sentit son cœur se dissoudre dans sa poitrine.

Russell lui versa une autre tasse de café.

« Allez, vieux, réveille-toi. »

Ysao entra. S'il avait la gueule de bois, il le cachait bien.

« Bonjour. »

Russell regarda Leiko.

« Je peux y aller ?

– Vas-y, explique, dit-elle.

– Eh bien, je suis à la recherche d'un équipage. C'est pour un petit boulot, une mission de courte durée. Il me faut un ingénieur… et un bon pilote.

– Quel genre de travail ?

– Pour Roman De Vala.

– Tu as déjà travaillé pour lui, il me semble, murmura Ysao.

– Une ou deux fois, oui.

– On raconte qu'il a une maison au centre de la ville, dit Leiko.

– C'est vrai, reprit Russell. Une maison magnifique. Rien que du marbre et du bois. Remplie de bijoux, tableaux et sculptures… Il y a là un tableau… »

Russell hocha la tête.

… vieux de mille ans d'après ce qu'il dit. C'est dans un angle de la pièce… je parle de ce que représente la peinture. La fenêtre est ouverte, il y a une carte et deux personnages assis à une table recouverte d'un tapis. La femme est de face. Elle porte une sorte de grand fichu blanc et elle sourit à l'homme qu'on ne voit que de dos. Elle est jeune et heureuse, la lumière illumine son visage et sa robe. Seule une partie du visage de l'homme est visible. Il est habillé de rouge avec de la dentelle et un chapeau à larges bords. Deux personnes en train de parler, c'est tout. Et je ne pouvais en détacher les yeux. Il l'a au-dessus de son bureau.

« Pas tout à fait mille ans, dit Jimson. C'est d'un peintre de Vieille Terra appelé Vermeer. L'original est supposé se trouver dans la Collection Kaolin sur Nouvelle Terra.

– Eh bien, non, reprit Russell. En fait c'est De Vala qui l'a et depuis fort longtemps à ce qu'il semble.

– Parle-nous plutôt du travail, dit Leiko.

– Je ne connais pas les détails. Il s'agit… disons, d'obtenir quelque chose pour lui.

– Voler, dit Ysao.

– Oui. Un collier, un livre rare, je ne sais pas encore ; un jour c'était une carte ancienne.

– Bien sûr, dit Jimson. Morgan le Pirate. »

Russell fit une révérence.

« C'est pourquoi mon vaisseau s'appelle la *Morgana*.

– Quand donc en sauras-tu un peu plus ? » demanda Leiko.

Russell sortit un petit coffret. Sur le coton se nichaient deux perles, des boucles d'oreilles. Leiko les contemplait d'un air perplexe. Elle en prit une dans le creux de la main.

« Qu'est-ce que cela veut dire ? »

Russell ôta les pierres vertes qui ornaient ses oreilles.

« Les perles renferment un signal relié à un détecteur. Tu penses bien qu'ils doivent changer le système souvent. Avec ça sur moi, je peux aller chez De Vala et ouvrir la porte. Sans elles, je peux cogner jusqu'à la fin des temps, personne ne viendra m'ouvrir. »

Ysao prit le coffret entre ses doigts.

« Hum… Je suppose qu'il te sera impossible de ressortir avec ces ravissantes petites choses sur toi.

– J'en doute, dit Russell. Que pourrais-je leur dire ? J'ai un ami ingénieur. Cela vous dérangerait-il que je vous les emprunte quelques jours ? Je vous les rapporte sans faute. »

Il reprit le coffret et mit les perles à ses oreilles.

« Trop grandes, remarqua-t-il. Je n'aime que les petites boucles. J'y vais maintenant. Si vous êtes intéressés, rendez-vous dans une heure devant la porte de l'aire d'envol.

– Moi, je trouve qu'elles te vont très bien, dit Leiko. D'accord. Ça m'intéresse. J'y serai.

– Nous irons voir ma *Morgana*. Tu as envie de visiter mon vaisseau, Jim ?

– Je n'y connais pas grand-chose. Mais si ça ne dérange personne…

– Ça ne me dérange pas, coupa Russell. Tiens. »

Il lui tendit un carré de plastique transparent.

« Avec ça tu pourras accéder à l'aire d'envol.
– Cela ressemble à celui d'un navigateur, dit Leiko. Un disque d'identification.
– Très juste, dit Russell. C'est le mien. Mais moi, cela me suffit. »
Il effleura du doigt son médaillon de capitaine.
« Dans une heure, donc », lança-t-il en sortant.
À son tour Ysao se leva.
« Eh bien, je pense qu'on ne va pas tarder à se revoir. À tout à l'heure. »
Leiko regarda Jimson.
« Et ta tête ?
– Ça ira pour cette fois-ci. Je la garde. »

Leiko et Jimson retrouvèrent Russell et Ysao au seuil du portail. Russell avait remis les pierres vertes à ses oreilles.
« J'ai trouvé une bulle, leur dit-il. Leiko, veux-tu prendre la place du pilote ?
– Et comment ! »
Leiko était éclatante avec sa combinaison pourpre fluorescente et son fard doré aux paupières.
« Cela fait des mois que je n'ai pas piloté ! »
La bulle ressemblait à celles qui se balançaient au-dessus de la ville, mais sans couleur : sphérique, transparente… Jimson était un peu anxieux. S'aidant de la barre qui courait au plafond, il s'installa sur un des sièges bas et étroit. Ysao entassa tant bien que mal son corps immense à côté de Jimson tandis que Russell, puis Leiko s'asseyaient à l'avant.
« En avant ! » lança Leiko qui exultait.
Jimson agrippa son siège. Le petit véhicule vibra un moment, puis s'éleva en droite ligne.

« Où allons-nous, capitaine ? »

Russell débita à toute allure une série de chiffres. La bulle vira et partit allègrement vers sa destination. Jimson serra les dents. Il gardait le vague souvenir d'un voyage similaire sur la lune Epsilon… mais alors il avait avalé un sédatif et la maudite bulle était opaque, pas transparente ! Il espérait seulement que personne ne lui suggérerait de regarder en bas.

La bulle finit par redescendre… tomber, au sol. Jimson sortit du véhicule très lentement, avec l'impression que tous ses viscères allaient l'abandonner.

« On s'y habitue très vite, dit Russell, compatissant. Tiens, regarde, la *Morgana*. »

Jimson jeta un coup d'œil méfiant à l'objet arrondi et métallique. L'impassible Ysao pour une fois frémissait d'impatience ; il frappait la coque à petits coups saccadés. La main de Russell vint claquer le flanc du vaisseau et une porte s'ouvrit. Ysao et Leiko sautèrent à l'intérieur.

Jimson toucha la membrane de métal. Douce et fraîche. Il pensa à des images qu'il avait vues : des baleines ou une grande tortue marine. Arrondie. Une lumière palpitait non loin de là, que la *Morgana* renvoyait en rayons multicolores.

« Entre », dit Russell.

Jimson hésita.

« Comment…

– Il y a une barre de plafond à laquelle tu peux te retenir.

Jimson se hissa maladroitement à l'intérieur, non sans s'érafler le genou au rebord inférieur de la porte. Russell le suivit avec l'aisance d'un acrobate. Il appuya sur une plaque et la porte coulissa pour se refermer.

– Ysao ? » appela-t-il.

Un son étouffé lui répondit. Russell éclata de rire.

« Voilà bien l'ingénieur ! Pas besoin de lui montrer le chemin, il a déjà trouvé le cœur du réacteur. »

Il posa la main sur l'épaule de Jimson.

« Tu n'as qu'à faire un tour. S'il y a des choses qui t'intriguent, demande-moi.

– Je me demandais depuis combien de temps tu étais capitaine, dit Jimson.

– Six ans. Il m'a fallu deux ans d'entraînement avant de devenir navigateur. J'ai eu un boulot tout ce qu'il y a de légal sur un cargo, pendant un moment. Mais tu sais comme je suis. Je m'ennuie assez rapidement. J'avais envie de voir des endroits où je n'avais jamais l'occasion d'aller... et j'étais fatigué d'obéir à des ordres. J'ai décidé de devenir mon propre patron. Alors je suis revenu ici m'entralner encore quatre ans, et maintenant je suis capitaine. »

Ses doigts effleurèrent le médaillon qui brillait sur sa poitrine.

« Je me suis fait quelques bons amis à cette époque-là. »

Son regard s'échappa... ailleurs. Jimson attendit qu'il revint, sans mot dire.

« J'avais un autre vaisseau avant celui-ci : Une vieille carcasse, absolument ravissante, du nom de *Mariana*.

– Quelque chose de fâcheux lui est arrivé ? demanda Jimson.

– Je l'ai vendue. Bah, elle était bonne pour la casse de toute façon. J'ai acheté ce vaisseau, la *Morgana*, il y a deux ans... en fait c'est De Vala qui l'a payé. Comme salaire d'un boulot que j'ai fait pour lui.

– Russ ! appela la voix étouffée de Ysao.

– J'arrive ! cria Russell. Fais comme chez toi, Jim. »

Le vaisseau était une grande pièce ronde. Leiko souriait, debout face à une paroi incurvée avec deux sièges devant. Elle contemplait l'assemblage d'écrans, cadrans divers et multiples boutons. Le long d'une autre paroi courbe s'alignaient deux rangées de trois couchettes superposées et un distributeur de nourriture flanqué d'une table pliante. Il y avait un cube qui devait être la salle de bains. Aucun endroit où s'isoler. Jimson trouvait déroutant cette absence de toute cloison, portes, rectangles et carrés. De haut en bas des parois grimpaient des échelons qui ressortaient trop pour servir d'échelles.

Jimson aperçut un tableau. Il s'approcha. Une de ses œuvres. Un paysage… il en faisait rarement… aux crayons de couleur. C'était un verger en fleurs, celui de l'Ile Haute sur Nouveau Terrain où, en compagnie de Russell, il avait longtemps marché, parlé et fait l'amour dans le soleil… La main de Russell tomba sur son épaule.

« Qu'est-ce que tu… oh…

– Il y a cinq ans que j'ai fait cela, dit Jimson.

– Et cinq ans que je l'ai acheté, reprit Russell. Je l'ai trouvé à une exposition sur la planète Caméo.

– Pourquoi l'as-tu acheté ? »

Russell demeura un moment silencieux, puis il dit :

« Parce qu'il me faisait penser à toi. »

Il tira la table repliée contre la paroi et des banquettes se détachèrent de la table.

« Si tu décides Leiko à quitter le poste de pilotage, je trouverai bien un moyen d'arracher Ysao au réacteur, et l'on pourra discuter sérieusement.

– C'est un vaisseau magnifique, dit Leiko.

– Où allons-nous ? demaqda Ysao. Je suis du voyage. »

Russell regarda Leiko.

« Je ne sais pas, dit-elle. Je voudrais plus de précisions.

– Il s'agit des masques de cristal », commença Russell.

Il se tourna vers Jimson :

« Tu en as entendu parler ?

– Jamais.

– Moi non plus. Mais ils existent et De Vala les veut. Ce sont des masques sculptés dans le jade, l'ivoire, le cristal. D'une beauté extraordinaire, paraît-il. Ils sont sur la planète Déméa qui tourne autour d'une étoile nommée Eridani 82. Mais il y a un problème, Eridani 82 est congruente à une des faces du Labyrinthe.

– Eridani 82, murmura Ysao. Déméa, ça me dit quelque chose…

– Qu'est-ce que le Labyrinthe ? » demanda Jimson.

Ce fut Leiko qui lui répondit :

« C'est une partie de l'hyperespace. Très dangereuse. La concentration de poussière rouge y est particulièrement intense. Il n'en existe pas de carte vraiment satisfaisante. Les vaisseaux s'arrangent toujours pour le contourner. Certains s'y sont perdus.

– Il y a un an, dit Russell, l'Emeraude de Shev Allard est entré dans le Labyrinthe et il n'est jamais revenu. »

Quelque chose dans sa voix fit que Jimson leva la tête.

« Je n'ai encore jamais piloté au voisinage du Labyrinthe, dit Leiko.

– Nous ne ferons que l'approcher, nous n'y entrerons pas.

– Ysao comme ingénieur. Toi comme navigateur ? »

Russell opina.

« Puis-je simplement donner un accord de principe ?

– Non. Il faut que je puisse compter sur toi.

– Très bien, capitaine ! lança Leiko. C'est oui. Il faut bien se frotter à tout, même à la piraterie et au Labyrinthe. J'espère seulement que tu as été intraitable sur les honoraires !

– Pour ça, oui. Pas de limite pour les dépenses et dix mille crédits à la clef si on rapporte un masque.

– Affaire conclue ! »

Russell appliqua sa main droite sur la table. Leiko la recouvrit de ses deux mains sur lesquelles Ysao empila les deux siennes. Enfin Russell posa sa main gauche au sommet de toutes les autres.

« Affaire conclue. »

Jimson se détourna. Il se sentait douloureusement exclu.

« Quand partons-nous ? demanda joyeusement Leiko.

– Je vous préviendrai… disons trois jours.

– Trois jours ! » répéta Jimson atterré.

Les mains se séparèrent.

« Nous ne serons pas partis longtemps, dit Russell. Dix jours aller, dix jours retour. On a largement le temps de se dire au revoir en trois jours, non ?

– Sûr… »

Voilà qui ne faciliterait pas les choses, si je disais non, songea Jimson. Mais nous avons quatorze ans moins une nuit à rattraper, et nous avons à peine eu le temps de nous dire bonjour.

CHAPITRE VIII

Leiko et Jimson regagnèrent seuls la maison. Leiko avançait sur les tapis roulants, les mains dans les poches, les épaules légèrement remontées. La distance qui les séparait à présent s'accusait de seconde en seconde. Quand par hasard leurs regards se rencontraient, elle lui souriait. Un sourire aimable. Comme à un étranger.

Elle se mit à empaqueter son matériel. Lui la suivait pas à pas à travers toute la maison.

« Lady ? » dit-il finalement.

Elle était penchée sur un tiroir. Elle se retourna.

« Oui ?

– C'est comme si tu étais déjà partie, hein ?

– Tu savais que je retournerais à l'hyperespace.

– Je le savais, oui. »

Et alors ? Quoi de si extraordinaire là-bas ? Nuit et poussière. Pas d'étoiles. Et tous ces gens qui ne cessent d'y revenir…

Comme Russell.

« Tu veux me donner quelque chose ? dit-elle d'une voix paisible.

– Quoi ?

– Quelque chose à accrocher au-dessus de mon lit. Je ne regardais jamais les tableaux avant de te connaître. »

Jimson allait prendre le Cavalier polonais. Non. Pas pour Leiko. Il sortit finalement une copie d'une tapisserie de Vieille Terra. Des montagnes, un petit temple et deux vieux sages peinant sur la pente en direction d'un sommet coiffé d'un nuage blanc…

« Tiens. »

C'était aussi serein et lointain que la lumière des étoiles.

« Hum. J'aime bien fit Leiko.

– C'est toi.

– La petite vieille avec son baluchon ?

– Oui. C'est toi à quatre-vingts ans.

– À quatre-vingts ans je serai en train de me soûler dans un bar du Port en débitant des mensonges sur mon glorieux passé. »

À quatre-vingts ans, songea Jimson, je serai célèbre. Mais je n'y serai plus pour en profiter.

Tu es déjà célèbre, Alleca. La belle affaire !

« À quoi penses-tu ? demanda Leiko en s'asseyant sur le lit.

– À la célébrité.

– Ça te plaît d'être célèbre ?

– Ça ne me fait ni chaud ni froid, répondit Jimson.

– Est-ce que tu y pensais lorsque tu as commencé à dessiner ?

– Non. »

J'ai commencé à dessiner songea-t-il, lorsque les médecins m'ont dit que j'étais malade, et incurable. Je dessinais tout et n'importe quoi, comme un forcené, parce qu'il y avait un monde, une douzaine de mondes, un univers à découvrir et que mon temps m'avait été volé. Je remplissais mes carnets d'esquisses, souvent mauvaises, presque jamais achevées, bâclées.

« Je pensais seulement à tous les endroits que j'avais envie de voir.

– Comme Nexus.

– Nexus, oui. Et Vieille Terra.

– Qu'y a-t-il donc là-bas ? demanda Leiko.

– L'art.

– L'art existe sur la plupart des mondes. C'est toi-même qui m'en as parlé. Chudra…

– Dakar, oui, dit Jimson. Mais même Chudra ne comprend pas. Alors qu'eux ils comprenaient. Les anciens artistes.

– Quoi ? »

Jimson désigna du doigt le Cavalier polonais.

« Dis-moi ce que tu vois là, dit-il.

– Un homme, à cheval. Au crépuscule, je crois.

– Quelle impression cela te fait-il ? »

Elle réfléchit un moment.

« Froid et solitude, dit-elle enfin.

– Oui. Voilà ce dont ils étaient capables. Cela représente la Mort. Le Cavalier blafard. Cette route, sur Vieille Terra, tu étais condamné à l'emprunter un jour… et tout ce que tu faisais, tu le faisais toujours en sachant que le lendemain tu n'y serais peut-être plus pour voir le fruit de ton travail. Ils comprenaient, eux. Peut-être le vieux Yamaguchi sur Pellin comprends cela aujourd'hui. Mais les autres... »

Il revit en esprit les couleurs et les larges avenues blanches de Las Flores.

« ... Les autres, ils s'amusent. Ils font de jolies images. Ce n'est pas cela l'art. C'est tout ce que tu es capable de donner. C'est ce qui demeure quant au détour d'un chemin tu aperçois la route, avec le Cavalier qui vient à ta rencontre. Ça demeure, parce que c'est dans ton propre sang que tu as trempé ton pinceau. »

Il sentait la rage monter en lui.

« Et le sang de tous les enfants que tu n'auras jamais, à cause des famines, des guerres ou des maladies ou des dégénérescences... Voilà d'où vient l'art. »

Il ravala sa fureur, pour qu'elle comprît.

« Mon art, c'est mon âme, dit-il enfin. C'est cette partie de moi-même qui ne mourra jamais. »

Les larmes inondaient ses joues. Elle pleurait pour lui et pour elle-même, peut-être. Mais il voyait qu'elle ne comprenait pas. Elle ne pouvait pas comprendre. Elle allait partir, sans jamais connaître la mort froide dans ses os. Jamais ils ne comprennent, pensait-il. Ils ne font que partir.

Il avait envie de frapper, puis il eut envie de pleurer.

Le lendemain matin, elle sortit de bonne heure, sans dire où elle allait ni ce qu'elle ferait. Il demeura seul à regarder la lumière qui montait sur le lierre et le lierre qui grimpait au mur. Russell entra. Il portait une chemise verte, des pierres vertes aux oreilles et du fard doré sur les paupières.

« Encore la gueule de bois ? demanda-t-il d'une voix légère.

– Non. Je réfléchissais. »

Russell tourna lentement sur lui-même ; il regardait les gravures et esquisses fixées aux murs.

« Je me souviens de celui-ci », dit-il en s'immobilisant devant le Cavalier.

Jimson se leva.

« Cela fait très longtemps qu'il m'accompagne. Veux-tu du café ?

– Non. Tu viens faire une ballade avec moi ?

– Une ballade ?

– Aller voir un ami.

– Un ami ?

– Tu vas rester là longtemps à répéter tout ce que je dis, ou veux-tu venir avec moi ? » s'insurgea finalement Russell.

Il jeta à Jimson un regard de défi et de tendresse mêlés. Jimson avait oublié : *Allons voir les bateaux, Jim !* La claire voix revint danser dans sa mémoire. *Viens, on va à l'Île Haute.* À chaque fois Jimson l'avait suivi.

« Excuse-moi, dit-il. Je ne saisis pas bien. Tu veux que je vienne avec toi voir un de tes amis ?

– Oui. Il n'habite pas loin d'ici. Il s'appelle Hari Oregon. C'est quelqu'un de très… intéressant.

– D'accord. Je veux bien venir.

– Bien. Reste-t-il de ce vin que nous avons bu l'autre soir ? Hari aime le vin. »

Jimson en retrouva deux bouteilles.

« Une, tu crois que ça suffira ? demanda-t-il à Russell.

– Hari n'est pas quelqu'un de très exigeant, tu sais. »

Jimson coinça la bouteille sous son bras et dit :

« Nous pouvons y aller. »

Russell l'examinait d'un œil attentif :

« Tu as un peu grossi quand même.

– J'ai grandi, reprit Jimson. Toi aussi tu as grossi. Et tes cheveux sont encore plus roux qu'avant.

– Et j'ai le sang toujours aussi chaud. Pour ça, je n'ai pas changé. »

Ils sortirent dans le soleil, avec les bulles silencieuses qui glissaient le long des câbles au-dessus de leurs têtes.

– Où va-t-on ?

– Il faut marcher un peu sur le Pont.

Ils traversèrent la place. Après un bref regard au médaillon qui brillait sur sa poitrine, les gens s'écartaient poliment pour laisser le passage à Russell.

– C'est la première fois que je me promène dans Le Port en compagnie d'un capitaine, dit Jimson.

Russell laissa un moment sa main reposer sur l'épaule de Jimson.

« Qu'a Hari Oregon de si intéressant ? continua ce dernier.

– Hari travaille à l'Ordicentre, Division des Systèmes. C'est là qu'ils conservent toutes les informations sur les systèmes solaires connus. Il adore son boulot. Il prétend se souvenir de tout ce qu'il a vu, lu et entendu, et de tout ce dont il a entendu parler. Il est bien sûr totalement illégal de revendre des informations à l'insu de l'Ordicentre. Hari ne ferait jamais une chose pareille. Mais ce n'est pas de sa faute s'il a tous les dossiers inscrits dans sa tête et il aime bien rendre service à ses amis.

– C'est un Hyper ?

– Non, répondit Russell. Hari est né sur Nexus. Je ne pense pas qu'il en ait jamais bougé. Il est un peu cinglé.

– Hum, je vois. »

Ils prirent une passerelle qui débouchait sur une place. Ce quartier du Port était de construction plus récente que celui où habitait Jimson. Les maisons ressemblaient à autant de boites aux couleurs et aux arêtes vives. Mais à mesure qu'ils approchaient, Jimson put s'apercevoir combien les peintures étaient en fait sales et écaillées, et les arêtes rongées par le temps. Russell s'arrêta devant une maison blanche sans nom ni numéro. Il martela le plastique du bout des doigts. La porte s'entrouvrit. Un petit homme brun passa la tête.

« Russell O'Neill ! »

Il ouvrit complètement la porte.

« Entre, entre vite avant qu'on ne te voie. Ah, le Pirate, avec un ami. »

Il referma derrière eux et se mit la main sur les yeux.

« Attends, ne me dis rien. Hari Oregon voit tout et il sait tout. Alleca ! Jimson Alleca. Vous êtes tout le temps à dessiner installé à un coin de table chez Rinn. Et vous êtes sacrement doué. Alors ? Vrai ou faux ? »

Il découvrit ses yeux et fixa un regard interrogateur sur Jimson.

« Vrai, comme d'habitude, Hari, dit Russell.

– Mais je ne savais pas que vous vous connaissiez. »

Ce qui avait l'air de beaucoup le décevoir… Il avait le teint mat, les cheveux noirs et bouclés avec quelques mèches grises et des yeux de jais très brillants.

« Entrez, entrez. Qu'est-ce que vous avez sous le bras ?

– Un cadeau pour toi », dit Russell.

Hari prit la bouteille et lut l'étiquette avec des hochements de tête approbateur.

« Excellent vin, dit-il. Tenez, asseyez-vous là. »

La pièce violemment éclairée était encombrée de livres-bandes. Hari balaya d'un geste ceux qui s'empilaient sur les chaises. Une des bandes se déroula en tombant au sol. Hari l'écarta d'un coup de pied négligent. Jimson s'assit. L'endroit aux murs nus et grisâtres était repoussant de saleté. La lumière trop crue blessait les yeux ; la poussière desséchait la gorge. Hari sortit en trébuchant au passage sur d'autres piles de livres-bandes. Il revint avec trois verres et une bouteille de vin à moitié vide.

« Dis donc, Hari, espèce de radin ! s'exclama Russell. Tu pourrais au moins nous servir ce qu'on t'a apporté. »

Hari sourit aimablement :

« Buvez ceci. Il faut bien que je m'en débarrasse. »

Il s'adossa au mur.

« Tu veux savoir qui l'a apportée celle-là ?

– Assez, Hari, dit Russell, tu sais très bien que je m'en moque. »

D'un mouvement heurté, Hari déposa la bouteille sur la table.

« Pourquoi es-tu venu, alors, si tu ne veux pas que je te dise des choses ? »

Il semblait soudain près d'éclater de fureur.

La voix de Russell se fit apaisante.

« Je veux bien que tu me racontes des choses, Hari. Mais il faut d'abord me laisser poser les questions, tu te rappelles ?

– Oh… »

Hari passa la langue sur ses lèvres.

« Oui, c'est vrai. »

Il reprit la bouteille et remplit les verres. Jimson avala une prudente gorgée… presque du vinaigre. Tout à coup, Hari se tourna vers Jimson :

« Jimson Alleca ! Qu'est-ce qu'il vous a dit de moi ?

– Que vous étiez son ami, répondit Jimson, et que vous saviez tout.

– Hum… »

Hari sembla se calmer.

« Très aimable à toi, Pirate. Mais je ne sais pas tout, pas encore. J'y viens, toutefois. »

Son visage était empreint de gravité.

« J'y viens, oui.

– En ce qui concerne les dossiers, Hari, dit Russell, tu connais tout.

– Ça, c'est vrai ! »

Il se montrait maintenant d'excellente humeur. Il tapa du pied et un tabouret crasseux en forme de champignon monta du sol. Après avoir rapidement essuyé la poussière qui le recouvrait, Hari finit par s'asseoir.

« Eh bien, vas-y. Pose tes questions », proposa-t-il.

Hari Oregon n'avait manifestement pas tout son bon sens. Jimson n'avait jamais vu quelqu'un passer d'une humeur à l'autre aussi brusquement.

« Eridani 82, dit Russell. Et son système.

– Eridani 82, commença Hari d'une voix monocorde. Magnitude, 5.29. Classe G5 sub P sub delta. Congruent aux courants de l'hyperespace 0-36FR8, 1-37DR7, 0-36H… »

Il se tut une seconde.

« C'est dans le Labyrinthe.

– Pas tout à fait, dit Russell. Parle-moi de Déméa son satellite. »

Hari demeura silencieux, les sourcils froncés. Finalement, il dit :

« Non.

– Comment non, tu ne veux pas ?

– Non. Je ne peux pas. Non, ça n'y est pas. Pas de satellites. »

Russel eut un léger soupir.

« Merci, Hari, dit-il avec douceur. Tu es un de mes meilleurs amis.

– C'est tout ? s'écria Hari, déçu.

– Désolé, mon vieux, dit Russell. Mais il faut que nous partions, maintenant.

– Vous n'avez même pas fini votre vin !

– Tu peux toujours le remettre dans la bouteille », dit Russel en se levant.

Ils se dirigèrent vers la porte.

« Attends ! Je vais te dire… »

Hari les suivait en bredouillant des chiffres, des noms, des lieux. Une fois dans la rue, Russell se tapota le front en disant :

« Hari est de plus en plus cinglé.

– Crois-tu qu'il se soit trompé ? demanda Jimson. Ou qu'il ait pu mentir.

– Non. Il a répété fidèlement ce que renferment les dossiers. Eridani n'a pas de satellites. Intéressant à savoir. Cela signifie que De Vala m'a menti, et ça je ne le pense pas. Ou bien cela signifie que Déméa n'a pas encore été visité par les équipes-X. Mais alors comment De Vala connaît-il l'existence de ces masques sur la planète ? Il a même décrit le bâtiment où elles sont supposées se trouver. Et avec force détails, en plus. Très étrange.

– Cela veut-il dire que tu vas refuser d'y aller ?

– Oh non, lança Russell. Mais je vais être obligé de trouver une autre source d'informations. Hari n'est pas le seul sur Nexus à savoir des choses.

– Russell O'Neill », prononça une voix de femme.

Russell fit volte-face, vif comme un chat. Puis il se détendit. Il s'agissait d'une femme largement charpentée, mais osseuse, avec des cheveux bruns aux reflets dorés et des yeux ravissants, immenses et verts. Le médaillon des capitaines pendait à son cou.

« Tori, dit Russell. Comment vas-tu ? Et comment cela va-t-il à Secteur Garnet ?

– Tout va très bien là-bas, merci.

– Jimson, voici le capitaine Tori Lamonica. Tori, je te présente Jimson Alleca. Jim est artiste.

– Bonjour, dit-elle, aimable et indifférente.

– Je sais que ça ne me regarde pas, dit Russell… Mais je crois que tu es aussi une amie de Hari Oregon.

– Ce n'est pas impossible, dit-elle.

– Il ne va pas bien en ce moment, reprit Russell. Pas bien du tout. »

Tori acquiesça.

« Je vois. Merci.

– À ton service, capitaine », lança Russell.

Et ils poursuivirent leur chemin.

« Pourquoi as-tu fait cela ? demanda Jimson.

– Il faut que la nouvelle se répande, dit Russell. Hari est en train de flancher, inutile que d'autres l'accompagnent dans sa chute. »

Jimson pensa au petit homme assis au milieu de ses livres-bandes, en train d'attendre ses soi-disant amis. Il jeta un bref regard à Russell. L'expression de dureté qui figeait les traits de ce dernier l'incita à ne pas dévoiler ses pensées.

« Qu'est-ce Secteur Garnet ? » se contenta-t-il de demander.

Russell sourit.

« La fédération divise l'hyperespace en différents territoires nommés secteurs. Tori travaille sur Secteur Garnet et Secteur Sardonyx. La dernière fois que nous nous sommes vus, à Garnet, nous avons eu un petit… désaccord. Elle m'a soufflé un cargo sous le nez, et je l'ai récupéré. Rien de très méchant. »

Jimson déglutit. L'amertume du vinaigre lui agaçait la gorge.

« N'y a-t-il pas de moyens plus simples d'obtenir des informations que de demander à Hari Oregon ? Les capitaines n'ont-ils pas accès aux dossiers de l'Ordicentre ?

– Bien sûr que si, répondit Russell. Mais si j'allais interroger l'Ordicentre celui-ci se trouverait du même coup enrichi d'une donnée supplémentaire : à telle date Russell O'Neill a recueilli toutes les informations existantes au sujet de la planète Déméa, satellite d'Eridani 82. Dans le travail que j'ai à faire, il n'est évidemment pas question de laisser ce genre de traces. »

Jimson demeurait hanté par Oregon.

« Que crois-tu qu'il va lui arriver ? demanda-t-il.

– Ne peux-tu donc l'oublier ? » dit Russell.

Puis il haussa les épaules et répondit :

« Un de ces jours il n'ira pas à son travail. Ils vont l'appeler et il ne répondra pas. Alors ils iront chez lui… pour le trouver en train de contempler son mur. On fera alors appel au télépathe d'une clinique pour lui remettre les idées en place. Ce genre d'histoire est déjà arrivé deux fois.

– Et cela t'est égal ? »

De nouveau le regard de Russell se durcit.

« À vrai dire le sort d'Hari Oregon m'importe peu, d'ailleurs je n'y peux rien. Ce qui me tracasse, en revanche, c'est tout ce qu'un télépathe pourra découvrir en sondant son esprit. »

Ils marchèrent un moment en silence. Puis Russell éclata de rire. Une main sur l'épaule de Jimson, il l'obligea à s'immobiliser.

« Écoute, dit-il, je voulais te proposer un endroit tranquille où nous aurions pu nous raconter plein de mensonges sur nos passés respectifs. Mais pour l'instant je ne peux pas. Il faut que je parte en quête de renseignements sur Déméa. Seras-tu chez Rinn ce soir ?

– C'est en général là que je passe mes soirées, répondit Jimson.

– Je viendrai peut-être. Je ne peux pas te le promettre, on ne sait jamais ce qui peut se passer. Mais j'essayerai. »

Il lui caressa la joue.

« D'accord ?

– D'accord », dit Jimson.

Il était difficile de résister au contact familier de sa main, à la séduction familière de son sourire.

« Sauras-tu comment rentrer d'ici, vieux ?

– Je me débrouillerai bien. »

Jimson demeurera un moment immobile à regarder Russell disparaître sous une passerelle. Le sentiment de chaleur qui gonflait son cœur s'évanouissait peu à peu. Il ne se sentit bientôt plus qu'exclu et manipulé. Il avait besoin de parler avec Russell, mais pas nécessairement du passé… et il ne voulait pas entendre de mensonges.

La maison était vide, il passa l'après-midi à essayer de dessiner. Le soir le trouva exaspéré au milieu des papiers froissés qui jonchaient le sol. Cela le fit penser à Hari Oregon. Il se rendit chez Rinn et s'installa au bar.

« Pas dans ton coin ? » demanda Rinn, l'air intrigué.

Jimson avala son premier verre très rapidement. Il avait l'impression que Russell ne viendrait pas, qu'il n'en avait même jamais eu l'intention. Chi était là. Ainsi que Denny et Kay. Et Miri, la fabuleuse Miri qui ne paraissait pas plus de vingt-deux ans. Mais Ysao n'était pas là. Il commanda un deuxième verre.

« On dit que Leiko aurait trouvé un vaisseau, dit Rinn en le servant. C'est vrai ?

– Elle part bientôt, oui », dit Jimson.

Puis il lança un œil mauvais à Rinn.

« Je t'emmerde d'abord ! Est-ce que je te pose des questions, moi ? »

Au début il se sentait comme chez lui chez Rinn. Mais c'était une grossière erreur. Il n'avait pas de chez lui. Et d'ailleurs, qu'est-ce qu'il était venu foutre à Nexus ? Il ne s'en souvenait même plus. Retourne à Nouveau Terrain, se disait-il, retourne dans ta caverne, jusqu'au jour où ils viendront et emporteront ton corps. Tu n'as rien à foutre ici.

« Un autre, Rinn, s'il te plait. »

Je ne sais rien faire d'autre que dessiner.

Miri glissa sur le sol scintillant et se posa sur le tabouret près de lui. Rinn la servit. Elle sourit à Jimson, les yeux mi-clos, à la manière d'un chat. Une ombre brune et du fard doré soulignaient ses paupières. Elle n'allait sans doute pas tarder à ronronner.

« Parle-moi du Sigurd, dit-il.

– Parle-moi de Nouveau Terrain », dit-elle.

Comment savait-elle ? Mais bien sûr, il était célèbre.

« Un endroit comme un autre.

– Chaud ? Froid ? Sec ou humide ? Il y a des étoiles ?

– N'y a-t-il pas des étoiles partout ? »

Elle secouait la tête en souriant.

« Ce sont les vaisseaux de l'hyperespace qui l'ont colonisé. Ils venaient de Nouvelle Terra. Nouveau Terrain est plus petit que Terra mais bénéficie de conditions identiques. Il y a une lune. Il y en a cinq en fait, mais quatre se réduisent à de simples cailloux. Les vaisseaux hyperspatiaux sont basés sur la cinquième lune : Epsilon. Je vivais à Las flores. Avant j'avais vécu à l'Ile Haute. C'est là que Russell et moi nous nous sommes rencontrés. À ton tour.

– Je suis née à Alexandria sur Vieille Terra, dit-elle, l'air songeur. Bien avant l'existence des vaisseaux hyperspatiaux. Il n'y avait que ce qu'on appelait les sondes spatiales. J'étais une petite fille quand est arrivée la première photo de Jupiter…

– Jupiter ?

– Peu importe. Le Sigurd transporte quatre mille personnes jusqu'au Petit Nuage de Magellan en un seul voyage et ressemble à des bulles.

– Des bulles ?

– Une longue chaîne de bulles, précisa-t-elle. Des bulles, comme celles qui pétillaient dans son verre.

– Parle-moi de l'hyperespace.

– L'hyperespace… Autrefois il rendait les gens fous, les discontinuités entropiques affectaient le cerveau. C'est pourquoi on l'a appelé *hyper* espace. Un jour, Ilse Perse s'est rendu sur Verde étudier les équations de cet hyperdynamisme. Il a réussi à les résoudre. Puis il lui a fallu convaincre le gouvernement de Terra de construire le réacteur qu'il avait conçu, et les vaisseaux hyperspatiaux. On a fait appel à des volontaires… certains ne sont jamais revenus. Ils ont tracé les premières cartes des congruences. Une de mes amantes n'est jamais revenue. Aucun moyen même de savoir où elle était allée. Il existe encore des lieux de l'hyperespace où nous ne pouvons pas aller.

– Le Labyrinthe. »

Les sourcils de la jeune femme s'arquèrent.

« Tiens, comment tu connais cela, toi ? Ah oui, c'est Leiko qui t'en a parlé. Peu de pilotes acceptent d'y aller.

– Cela rend-il encore les gens fous ?

– L'hyperespace ? »

Miri sourit.

« Nous sommes tous un peu fous, dit-elle. C'est pourquoi nous passons les examens télépathiques. Ils préfèrent qu'on démarre à peu près normal.

– Quel âge as-tu exactement ? » demanda-t-il, enfreignant toutes les règles de politesse.

Miri eut un sourire de chat, seules les commissures de ses lèvres se relevèrent.

« J'étais élève d'Ilsé Perse le jour où le premier vaisseau verdien est arrivé sur Terra. Nous sommes allés le voir ensemble.

– Mais il y a trois cents ans de cela ! »

Elle hocha la tête et s'éloigna silencieusement. Et je suis en train d'y croire, songea Jimson. Je dois être déjà soûl.

L'on pouvait certes par l'association de transplants d'organes et de drogues antiagiques s'acheter, si l'on en avait les moyens, une quasi-immortalité, mais les traitements étaient extrêmement coûteux. Il avait aussi entendu dire qu'il se produisait parfois des effets secondaires dangereux. Le nez dans son verre, Jimson sourit. Cela avait de quoi rendre paranoïaque, une aussi longue vie. Teigneux et paranoïaque. Miri n'était pas le moins du monde méchante. Elle venait lui parler lorsqu'il se sentait seul ; elle était gentille.

« Qu'est-ce qui t'arrive ? » demanda une voix derrière lui.

C'était Kay, le docker, qui venait depuis l'autre bout du bar pour lui tenir compagnie… gentil, lui aussi.

« As-tu remarqué… » commença Jimson.

Tout s'emmêlait dans son esprit embrumé par l'alcool. Le temps est une vaste supercherie, songeait-il. Pour certains ça va trop lentement, pour d'autres trop vite. Miri Akt vit trois cents ans, plus qu'elle n'en peut partager. Et moi je ne dispose que d'une infime portion de cela pour achever mon travail. Où est la justice ?

Ce n'est pas la justice, Alleca. C'est la chance.

« Un autre, dit-il à Rinn.

– Y a quelque chose qui te tracasse ? demanda Kay.

– Tout me tracasse. »

Voilà qui n'était guère précis. Il avait la langue pâteuse.

« Leiko. »

Autant commencer par là.

« Elle est partie ?

– Non. Elle s'en va dans deux jours. Après demain.

– Je savais qu'elle cherchait un vaisseau, dit Kay.

– Elle en a trouvé un. Elle et Ysao. Le vaisseau de Russell. »

Rinn déposa un verre devant lui. Il le repoussa. Il était trop abruti pour pouvoir l'apprécier.

Kay lui sourit.

« Tu en tiens une belle aujourd'hui. Tu as besoin de parler à quelqu'un.

– Bah, ça va.

– Où Leiko va-t-elle ? » demanda Kay.

Jimson plissa le front. Le mot… le nom… resta sur le bout de sa langue pâteuse.

« Chaipas, dit-il finalement.

– Qui est donc Russell ?

– Russell O'Neill. »

Il avait quelque difficulté avec les i. Kay semblait intrigué.

« Un ami d'enfance.

– À quoi ressemble-t-il ? continua Kay.

– Rouquin », dit Jimson rapidement.

Il jeta un regard circulaire pour trouver dans le bar quelque chose qui fût aussi flamboyant que les cheveux de Russell, pour montrer à son nouveau compagnon à quoi ressemblait son vieil ami Russell.

« Tiens, comme… »

Il désigna du doigt un homme aux cheveux roux. Puis, subitement, l'homme fut devant lui. Russell.

« Chéééluiii, dit Jimson.

– Sacré nom que oui, c'est moi », dit Russell.

Il regarda Kay.

« Je te connais. Kay. Tu lui tires les vers du nez ? Je te souhaite de n'en avoir pas trop appris. Ou je t'accroche au lampadaire par les tripes.

– Il ne m'a absolument rien dit, capitaine, dit Kay.

– A-t-il parlé à quelqu'un d'autre ?

– Je ne crois pas. Rinn, peut-être, répondit Kay.

– Bon ça va. Rinn sait toujours tout, de toute façon. »

Jimson sentit une main tomber sur son épaule.

« Allez, viens, Jim. On s'en va.

– Lâche-moi », protesta Jimson en essayant de se dégager.

Mais en vain... Il fut à demi traîné, à demi soulevé de son tabouret, puis poussé à travers la pièce. Après avoir franchi le seuil, il se sentit plaqué sans ménagement contre le mur. Le choc lui éclaircit les idées. Russell oscillait sous son nez... non c'était lui qui titubait. Les yeux verts étincelaient de fureur. Il faisait sombre, et il faisait froid. Jimson frissonna.

« Attends-moi ici, gronda Russell. Ne bouge pas. Tu m'entends ? »

L'orage était passé. Jimson grelottait, appuyé contre son mur, à attendre Russell... Russell qui pour quelque mystérieuse raison était en colère contre lui.

« Jimson, regarde-moi. »

D'une main il tenait un verre, de l'autre il agitait un comprimé devant les yeux de Jimson.

« Tu vas avaler ça, dit-il. Crois-tu pouvoir y arriver ?

– Si... si tu m'aides pour le verre. »

Jimson plaça le comprimé qui alla se loger au fond de sa gorge. Il prit un peu d'eau et déglutit.

« Qu'est-ce que c'est ?

– Ça te désaoulera un peu, dit Russell. Viens, je te ramène chez toi.

– Non. »

Jimson se raidit sur ses jambes comme un animal rétif.

« Pas chez moi. »

Russell relâcha un peu son étreinte.

« Bon d'accord, pas chez toi. Je connais un endroit… comment te sens-tu maintenant ? »

Jimson cligna des yeux. Ils traversèrent plusieurs places. Il y avait moins de monde que dans la journée. La plupart des boutiques étaient fermées et tous les bars ouverts. Les bulles au-dessus de leurs têtes jetaient des reflets rouges, orange et indigo sur le pavé. Ses jambes lui obéissaient de mieux en mieux.

« Je suis moins soûl, finit par dire Jimson, mais je n'arrête pas de trembler.

– C'est à cause de la pilule, dit Russell. Ce n'est plus très loin, maintenant. »

Jimson essayait de contrôler le tremblement. Dans les escaliers toutefois ses jambes plièrent sous lui. Russell dut le porter jusqu'au lit. Dans la pièce il faisait chaud.

« Voilà, allonge-toi. »

Les tremblements se calmèrent.

« Je vais faire du café.

– Bonne idée », marmonna Jimson.

Russell revint s'asseoir au bord du lit.

« Te souviens-tu avoir parlé à Kay, ce soir ? demanda-t-il.

– K-Kay ?

– Oui, Kay, chez Rinn. »

Jimson se souvenait vaguement. Il opina, surpris d'avoir réussi à bouger la tête. Il était épuisé.

« Que lui as-tu dit ? »

Difficile d'être précis sur ce point.

« J'ai dit… j'ai dit que Leiko avait trouvé un vaisseau. Et Ysao aussi.

– As-tu donné le nom du vaisseau ? demanda ensuite Russell.

– Non.

– As-tu dit où le vaisseau allait ?

– Mais enfin pourquoi ne demandes-tu pas à Kay ? » s'emporta Jimson.

Il n'eut pas le temps d'arrêter la main qui vint claquer son visage.

Sa joue droite brûlait.

Russell lui prit le menton et remit sa tête en position pour une autre gifle.

« Parce que je n'ai pas le temps de le cogner jusqu'à ce qu'il crache autre chose que des mensonges, dit-il. Lui as-tu dit où allait le vaisseau ?

– Non.

– As-tu parlé des masques de cristal ?

– Non.

– De De Vala ?

– Non.

– Lui as-tu dit mon nom ?

– Je… j'ai dit que nous étions de vieux amis. Il sait que tu es capitaine.

– Mon nom ? Lui as-tu dit mon nom ?

– Oui. »

Jimson avala sa salive. Il fixait le visage de Russell, évitait de regarder sa main.

« Lui as-tu dit quand le vaisseau partait ? poursuivit Russell.

– J'ai dit deux jours. Après demain.

– C'est tout ? Rien d'autre ? »

Jimson secoua la tête. Il sentait l'odeur du café.

« J'étais complètement soûl, Russ », dit-il.

Russell soupira.

« Je sais. Je vais chercher le café. »

Il revint avec deux tasses, le café était bouillant et très fort, comme Jimson l'aimait. Sans sucre. Russell, lui, en prit un morceau. Il se rappelait de ces détails-là, après toutes ces années. Jimson abandonna sa tête sur le coussin. Il ne tremblait presque plus.

« Russell ?

– Oui.

– Le boulot va-t-il te passer sous le nez parce que j'ai parlé à Kay ?

– Je ne sais pas. Kay est une crapule, mais il sait tenir sa langue. À ma connaissance il n'a jamais donné personne aux flics. Mais mes affaires sont délicates. Je n'aime pas qu'on sache où je vais, ni quand, ni avec qui. De sorte que nous n'attendrons pas un jour de plus. Nous partirons dès demain. »

Jimson ferma les yeux.

« Tu n'es qu'un rêve, dit-il. Un simple rêve. Tu n'es jamais venu à Nexus. Je vais aller me coucher et quand je me réveillerai, tu seras parti. »

Il ne pouvait retenir l'amertume qui altérait sa voix. Il ouvrit les yeux. Russell le regardait.

« Non. Je ne suis pas un rêve », dit-il en se levant.

Tout à coup, il se pencha, prit Jimson sous le menton et plaqua sur sa bouche un baiser dur et rapide.

Jimson se remit tant bien que mal sur ses pieds. La démarche encore incertaine, il sortit dans un couloir et se dirigea vers une pièce éclairée : une minuscule cuisine. Russell était en train de ranger les tasses.

« Qu'est-ce que tu fais hors du lit ? demanda-t-il.

– Je ne veux pas rester tout seul, répondit Jimson.

– Assieds-toi là alors. »

Jimson s'assit. Il demeura un moment silencieux à étudier les traits de Russell. Il y cherchait le jeune garçon qu'il avait connu, croyant parfois l'apercevoir pour se rendre compte la seconde suivante que celui-ci était totalement absent.

« Russ, je veux partir avec vous. »

Les mots étaient sortis tout seuls. Il entendit avec étonnement sa propre voix les prononcer.

« Hein ? »

Jimson répéta avec application :

« Je veux partir avec vous pour Déméa.

– Tu es encore soûl, ma parole !

– Non, dit Jimson, je ne suis pas soûl. »

Russell le regardait attentivement.

« Non !

– Pourquoi pas ? »

Russell se détourna un instant, puis il dit :

« Pourquoi, d'après toi, suis-je un jour parti de Nouveau Terrain, pour ne jamais revenir ni t'envoyer le moindre communigramme ?

– Je n'en sais rien, dit Jimson. C'est à toi de m'expliquer.

– Te souviens-tu de la nuit où tu m'as parlé de ton cancer ?

– Je me souviens, tu as pleuré.

– L'idée de ta mort m'était insupportable, continua Russell. Elle n'est guère plus facile à accepter aujourd'hui. Ne pas te voir mourir me laissait la possibilité de nier ta mort. Quand j'ai appris que tu étais venu dans l'hyperespace j'ai pensé que tu étais guéri. Je t'ai rejoint ici. Mais maintenant je sais que tu es toujours… »

Il s'interrompit.

« Je ne t'emmènerai pas dans l'hyperespace pour te regarder mourir.

– Cela n'arrivera peut-être pas, dit Jimson.

– Tu m'as dit toi-même l'autre nuit que cela arrivait toujours. »

Jimson croisa mentalement le regard froid et grave du Cavalier polonais. *La chevauchée de la Mort.*

« Je veux aller à Déméa, Russ. Je veux voir le Labyrinthe. Je veux voir les masques. J'ai toujours été celui qui reste. Je ne veux plus regarder les autres partir. Je ne peux plus. »

Les lèvres de Russell étaient crispées dans une expression de refus et de chagrin.

« S'il te plait, emmène-moi.

– Et si je dis non, demanda Russell, que feras-tu ?

– Je ne sais pas. Me soûler ? Prendre un billet pour nulle part et partir quand même ? Ne dis pas non, s'il te plait. »

Il y avait des larmes sur ses joues. Il ne s'était pas aperçu qu'il pleurait. Il s'essuya les yeux du revers de la manche.

« Crois-tu pouvoir tromper la chance, Jim ? »

Jimson secoua la tête.

« Je suis bien placé pour le savoir, tu sais. »

La voix de Russell monta d'un registre dans la lumière blême.

« Alors je n'y comprends rien ! »

Je ne cherche pas à fuir la mort, Russ, pensa Jimson. Je vais à sa rencontre. C'est inévitable. Toutes les routes que je prends m'y conduisent. Les yeux fixés sur le visage de Russell, il garda le silence.

Puis Russell dit d'une voix blanche :

« Tu dois me promettre de ne pas mourir dans mes bras, Jim.

– Tu m'emmènes avec toi ? »

Russell soupira.

« Comment diable pourrais-je dire non ? Tu ne m'as jamais rien demandé auparavant. Tu aurais voulu que je reste un peu plus longtemps sur Nouveau Terrain, mais tu ne me l'as jamais demandé. Je ne sais plus aujourd'hui ce que j'aurais fait si tu me l'avais demandé. »

Il se pencha et effleura du bout des doigts la joue encore meurtrie de Jimson.

« Même quand nous étions enfants, Jimson, tu ne m'as jamais dit non, jamais. Alors comment pourrais-je te dire non, maintenant. »

CHAPITRE IX

Le deuxième jour après leur départ de Nexus, Russell se mit à disposer des lignes jaunes sur le sol.

Installé à la table du distributeur de nourriture, Jimson empilait devant lui quelques objets pris au hasard sur l'étagère où Ysao rangeait ses instruments ; il en ignorait et les noms et l'usage. Il essayait de donner à leur assemblage les qualités d'une nature morte classique. C'était un exercice intéressant mais le résultat demeurait fort décevant. Il finit par trouver cela lassant.

« Qu'est-ce que tu fabriques ? » demanda-t-il à Russell.

Ce dernier passait près de lui, déroulant avec application une bande qui, à première vue, ne formait aucun motif régulier.

« J'étire mon esprit, répondit Russell en déposant le reste de sa bande de côté.

– Très décoratif », commenta Ysao.

Il était assis à sa place favorite, les jambes croisées sur le dessus de sa table de travail.

Russell marcha jusqu'à l'extrémité extérieure de la bande jaune.

« Je suis prêt, dit-il.

– Tu peux y aller, donc », dit Ysao.

Leiko fit pivoter son siège de pilote pour mieux regarder.

Russell commença d'avancer le long de la ligne. Il n'essayait pas de poser son pied exactement sur la marque jaune, mais faisait manifestement tout son possible pour en rester très proche. Ses lèvres se pinçaient et les muscles de son cou étaient tendus par l'effort. Il s'immobilisa une fois en secouant la tête. Les yeux sombres et perçants d'Ysao semblaient vouloir le clouer sur place. Jimson commençait à comprendre. Lorsqu'enfin arrivé au bout de la ligne jaune Russell détendit ses épaules avec un soupir de soulagement, Jimson jeta un regard interrogateur à Ysao.

« Tu essayais de l'arrêter ? » demanda-t-il.

Ysao acquiesça.

« Il y arrive très bien, dit-il.

– Il arrive très bien à quoi ? s'enquit Leiko.

– À se protéger, dit Ysao. C'est un exercice élémentaire. Il faut s'efforcer de marcher sur une ligne tout en bloquant toutes les interférences. Tu es devenu drôlement fort, Pirate. Je t'ai envoyé tout ce que je pouvais.

– Comment Russell peut-il faire cela ? demanda Leiko. Il n'est pas télépathe.

– N'importe qui peut apprendre à se protéger, dit Ysao. Rien à voir avec la télépathie, ce n'est qu'une méthode de concentration dirigée. La plupart des gens ne se préoccupent pas d'apprendre car ils n'en auront jamais besoin. Mais tu pourrais en faire autant si tu le voulais. »

Leiko secoua énergiquement la tête.

« Ah, non merci. Et qui va s'occuper du vaisseau pendant que vous vous amusez comme des petits fous ? Je préfère rester là à vous regarder. »

Elle fit paresseusement tourner son siège, avec les yeux d'un enfant sur un manège.

« Tu recommences, Russ ? demanda Ysao.

– Jim, tu veux essayer ? proposa Russell.

– Qu'est-ce qu'il faut faire ?

– Pour toi, c'est sûrement un barrage visuel qui marchera le mieux, dit Ysao. Y a-t-il une gravure ou une de tes œuvres que tu connaisses particulièrement bien ? Une image qui soit toujours disponible dans ton esprit ?

– J'oublie mes dessins dès qu'achevés, dit Jimson. Mais, je peux penser à…

– Ferme les yeux, recommanda Ysao. Fixe ton esprit dessus. »

Jimson ferma les yeux et posa mentalement le *Cavalier polonais* devant lui. Il sentit une pression. Il demeura fermement fixé à l'image et après un moment la pression disparut.

« Ça allait ? demanda-t-il à Ysao.

– Parfait. Et à force d'exercice cela devient automatique. Le barrage s'établit dès que ton subconscient perçoit la présence d'un esprit étranger. Avec suffisamment de pratique tu deviens capable de te concentrer sur autre chose, une ligne où il faut marcher, par exemple, tout en maintenant le barrage.

– Tu sais, dit Jimson, je pense que les artistes se servent de ce procédé sans l'avoir jamais appris. Tu es presque obligé pour te protéger contre les diversions. À moins de vivre au sommet d'une montagne, comme Yamaguchi.

– Peut-être, dit Ysao, songeur. Peut-être. »

Il se tourna vers Leiko.

« Tu ne veux vraiment pas essayer ?
– Sûre et certaine. »

Elle fit encore pivoter son siège et se retrouva face à l'écran.

« Mon boulot, c'est ça, dit-elle. Quelqu'un pourrait-il m'apporter une nutribarre ? J'ai faim. »

Jimson qui était le plus proche du distributeur en tira une nutribarre et la lui apporta. Elle referma quelques instants ses doigts sur les siens. Il n'y avait maintenant plus rien d'amer dans la distance qui les séparait ; il n'y avait plus que la distance elle-même, de jour en jour plus réduite. Ils étaient amis, mais ne seraient sans doute plus jamais amants. Certainement pas à bord du vaisseau, de toute façon, où deux autres personnes pouvaient entendre le moindre murmure, le moindre bruissement, l'une d'entre elles étant un télépathe et l'autre Russell.

« Ils pourraient s'arranger pour que ces machins-là aient un goût quelconque ! » s'exclama Leiko.

Les nutribarres satisfaisaient l'appétit et les besoins nutritifs mais ils étaient à peu près aussi savoureux que du papier mâché. Les yeux fixés sur l'écran, elle en mordit un morceau. Jimson se pencha sur le dossier de son siège. L'écran était noir, le vide ténébreux de l'hyperespace qui vous suçait l'esprit.

« Tu vois la poussière ? » demanda Leiko.

Jimson plissa les yeux. Un film rouge recouvrait l'angle supérieur droit de l'écran comme le tracé délicat d'une toile d'araignée.

« C'est ça qu'il va nous falloir traverser ?

– Approcher. Pas traverser, dit Leiko en se frottant les yeux. Il n'y en a pas tellement. Ce sera facile jusqu'à ce que nous atteignions le Labyrinthe.

– Tu t'ennuies déjà, Leiko ? demanda Russell qui arrivait derrière eux.

« Ne t'inquiète pas, va. Tu auras bien assez à faire quand nous entrerons en contact avec le Labyrinthe. »

Sa main vint se poser distraitement sur la nuque de Jimson. Jimson se raidit contre la douceur de la caresse. Il concentra toute son attention sur l'écran. La poussière rouge devenait de plus en plus perceptible.

« C'est une proto-étoile ? demanda Jimson.

– Possible, répondit Leiko. Mais il y en a si peu que je penserais plutôt à un simple nuage. Russ ? »

Russell se pencha sur le clavier de l'ordinateur. Des figures vinrent défiler sur le bord inférieur de l'écran.

« Non. Ce n'est pas une étoile. Pas assez massif.

– Y a-t-il des étoiles dans l'hyperespace ? Russell fit un geste évasif.

– Personne n'en a vu, à ma connaissance, dit-il. Nous ne sommes pas loin de l'erreur complète en les nommant des proto-étoiles, de toute manière. Cela vient des vieilles théories qui voient dans l'hyperespace moins de matière et une dynamique d'entropie plus lente que dans notre univers. De sorte que les nuages que nous apercevons seraient des condensations gazeuses capables de se condenser encore plus, mais qui ne le feront sans doute pas. La théorie actuelle soutient que l'hyperespace ressemblait autrefois à notre espace, qu'il est arrivé à un stade que notre univers devra un jour atteindre ; celui où la matière fuit tout autre matière, continûment et indéfiniment. La poussière est un débris de ce qui furent des étoiles, et c'est en raison de l'effet Doppler-Fizeau que nous la voyons rouge. Il y a une autre théorie qui proclame que l'entropie dans l'hyperespace est plus rapide que… »

Leiko l'interrompit.

« Je t'arrête ! Plus lent ou plus rapide sont des notions impropres. Et j'ai la ferme intention de continuer à les appeler proto-étoiles.

– Tu peux bien les appeler comme tu voudras », dit Russell.

Leiko s'étira en bâillant.

« J'ai sommeil, dit-elle. Je me couche. Qu'on vienne me secouer dans six heures. »

Elle saisit le plus proche des barreaux en acier qui couraient le long des parois, grimpa jusqu'au plafond en dôme et redescendit deux ou trois échelons de l'autre côté pour atteindre une des couchettes supérieures. Jimson se surprit à bâiller aussi mais il ignorait s'il était déjà temps pour lui d'aller dormir. Les tours de repos à bord s'organisaient de manière à ce que quelqu'un fût toujours éveillé pour avertir les autres en cas de besoin. Leiko aimait dormir six heures, travailler dix, puis dormir encore deux heures pour enfin revenir à son poste pour six heures. Russell préférait travailler pendant seize heures pour ensuite se reposer neuf. Jimson n'avait aucune idée des horaires favoris d'Ysao, celui-ci, de toute façon, semblait ne jamais aller se coucher. Quant à Jimson lui-même… il n'avait pas encore réussi à déterminer ce qui lui convenait le mieux. Cela n'avait du reste guère d'importance. Il n'appartenait pas à l'équipage et ne saurait sans doute pas reconnaître une situation de crise avant que tout lui eût explosé sous le nez.

Ysao, Leiko et Russell avaient la délicatesse de garder le silence sur ce point. Mais lui, Jimson, avait bien conscience de son inutilité, comme il avait conscience de la douleur dans sa jambe quand il oubliait son médicament et conscience du regard de Russell posé sur lui, de sa présence près de lui, exigeante et sensible comme la souffrance qui parfois vrillait son corps. Il tira son carnet de croquis, essayant de se concentrer sur les vilains petits objets qui encombraient la table, rigides et stériles. Rien des douces rondeurs d'une nature morte. Et lui n'était qu'un imbécile.

Des mains tombèrent sur ses épaules ; il se raidit.

« Pourquoi n'irais-tu pas au lit, toi aussi, dit Russell. Balance ces gribouillages et va te coucher.

– Mais ça ne fait pas longtemps que je suis réveillé.

– Quel rapport avec le fait d'aller au lit ? » lança Russell.

Il s'assit et se pencha sur lui. Jimson se sentit faiblir.

« Russ… »

Un doigt se posa sur ses lèvres, emprisonnant les mots.

« Et en plus tu ne manges rien. C'est à cause des nutribarres ; ça ne ressemble pas à de vrais repas, alors on les oublie. »

Il posa une barre devant Jimson. « Mange. »

Souriant, il retourna à son poste de navigateur, comme s'il n'avait jamais rien suggéré, comme s'il n'avait jamais montré d'autre intention.

Cela faisait dix jours qu'ils voyageaient lorsque Leiko annonça :

« Le Labyrinthe. »

Ils se rassemblèrent derrière le siège de Leiko pour regarder la poussière rouge, de plus en plus proche.

Danger, danger, pensa Jimson. Comme de monstrueuses tentacules invitant le vaisseau, un énorme nuage rouge étendait ses bras en spirale dans la noirceur de l'hyperespace. Un splendide orage se tordait en éclatantes vagues d'étincelles. Jimson se détourna. On lui avait suffisamment répété depuis dix jours de ne pas se laisser fasciner par le luxuriant tourbillon.

« Que c'est beau ! » s'exclama Leiko.

Les figures sur le cadran du navigateur s'agitaient frénétiquement. Russell s'installa devant le clavier. Leiko gardait une main sur le levier de commande. Jimson savait qu'il n'était pas nécessaire de l'utiliser. Le vaisseau pouvait voyager sous les ordres de l'ordinateur aussi longtemps qu'il y avait un navigateur devant le clavier. Mais tout était différent dès que l'on entrait dans la poussière rouge. La poussière distordait les congruences habituelles entre espace-temps normal et hyperespace. Un pilote humain spécialement entraîné développait une sorte de don, celui de sentir les congruences dans les deux espaces ; ce don s'apparentait à la perception spatiale des Verdiens. Leiko pouvait s'apercevoir des erreurs de la cartographie originelle et les corriger immédiatement et manuellement. Son habileté assurait qu'au moment du bond dans l'espace-temps normal, ils se retrouveraient à proximité de Déméa, comme il le fallait.

Jimson alla au distributeur de nourriture. Il s'était assigné pour fonction – triviale mais utile – de veiller à ce que tout le monde mangeât. Il tira une nutribarre et la lança à Ysao. Il en tira une seconde et la porta à Russell.

« Je t'ai apporté à manger. »

Russell la prit sans lever les yeux des figures qui couraient sur son cadran.

« Merci.

– Combien de temps allons-nous voyager dans ce machin avant le bond ?

– Environ quatre heures », répondit Russell.

Il mordit dans la barre, puis la déposa près de lui pour laisser ses mains jouer sur le clavier d'ordinateur.

« Quatre très longues heures. »

Jimson était tout bêtement assis à la table, inattentif et désœuvré lorsque Leiko cria :

« En avant ! »

Les témoins rouges s'affolaient un peu partout dans le vaisseau quand, soudain, les écrans éclatèrent de lumière. Le soleil. Il venait de quitter l'hyperespace, c'était l'espace-temps normal, avec la courbe brune d'une planète grossissant sur les écrans.

Leiko frappa son accoudoir du poing.

« Gagné ! »

CHAPITRE X

Sur l'écran se déployait un grand papillon brun et bleu tacheté d'orange.

« C'est la planète tout entière que nous voyons maintenant, dit Russell. Le brun clair est un désert, le brun foncé une montagne. Les pôles sont assez peu étendus mais largement recouverts de glaces. Il y a deux petits continents dans l'hémisphère nord et trois beaucoup plus vastes dans l'hémisphère sud. C'est là que nous allons. Celui avec le lac. »

Il posa un doigt sur la tache bleue.

« Un lac d'eau salée, dit Ysao.

– Et les points orange, qu'est-ce que c'est ? demanda Jimson.

– Des émanations de chaleur, répondit Russell. Jimson réfléchit quelques instants.

– Des villes ? Russell secoua la tête.

– De Vala dit qu'il n'y a pas de villes. Ce peuvent être des volcans ou des sources d'eau chaude ou tout autre forme naturelle de chaleur. De Vala était catégorique : pas d'êtres civilisés sur cette planète.

– Que disent les dossiers de l'ordicentre ? demanda Ysao. Tu les a consultés, bien sûr.

– Bien sûr, dit Russell en faisant disparaître la carte.

– Rien à ce sujet à l'ordicentre si l'on en croit Hari Oregon. Il y a une masse d'informations sur Eridani 82 mais strictement rien concernant Déméa. J'ai fait des recherches partout dans la cité après avoir vu Hari. Aucun résultat. Apparemment Roman De Vala est le seul à savoir qu'Eridani 82 possède un système planétaire. »

Ysao semblait stupéfait.

« Mais c'est impossible, dit-il. Ou grotesque.

– Comment De Vala pourrait-il connaître une planète dont les équipes X ignoreraient l'existence ? demanda Leiko.

– Russell, dit vivement Ysao, y aurait-il des gens sur cette planète ? Des primitifs ?

– J'espère que non, répondit Russell en évitant les yeux du télépathe.

– Mais il y en a eu, reprit Ysao. Quelqu'un a bien dû fabriquer ces masques, s'occuper de leur préservation et raconter à De Vala qu'ils existaient. Tu y as réfléchi ?

– J'y ai réfléchi, dit Russell. Je sais que ça va te rendre furieux, Ysao. Mais je suis retourné voir De Vala après ma visite chez Hari et j'ai exigé qu'il fournisse des investigateurs. Tu aurais refusé de venir si je t'avais dit que la planète risquait d'être habitée. Je connais tes scrupules. Je n'en suis moi-même pas dépourvu, tu sais. C'est pourquoi j'ai obtenu les investigateurs. Et c'est aussi pour cela que nous sommes là comme des imbéciles depuis deux jours à attendre que toutes les informations nécessaires soient rassemblées.

– Et si l'air n'y est pas respirable, demanda Jimson.

– Dans ce cas, nous ne serions pas là, dit Russell d'un ton égal. Je n'ai pas les moyens des équipes-X, De Vala le sait. Je ne vais pas sur des planètes où je ne peux pas me déplacer. »

Ysao fixait l'écran maintenant aveugle comme s'il en attendait quelque soudaine révélation.

« Si jamais il y a des non-primitifs là-dessus, dit-il, ils doivent sacrement s'agiter en ce moment à essayer de comprendre qui nous sommes.

– Nous sommes un OVNI, mon vieux, ni plus ni moins, lança Leiko en riant.

– Qu'est-ce que c'est que ça ? demanda Jimson.

– Objet Volant Non Identifié », dit Russell.

Une fois de plus, Jimson se sentait exclu.

« Peuvent-ils nous voir ? demanda-t-il encore.

– Pas de leurs yeux nus. Nous sommes au-dessus des nuages. »

Jimson rougit. Ce n'est pas ma faute si je ne connais pas le langage, songea-t-il. Mais qu'est-ce que je fous là !

« Les indications données par De Vala sont étonnamment précises », dit Russell.

Ses doigts coururent sur le clavier, faisant apparaître une nouvelle image sur l'écran.

« Nous allons sur le plus petit continent de l'hémisphère sud, dans un désert ; il y a un édifice noir au centre de ce désert.

– Nous sommes presque au-dessus, capitaine, annonça Leiko. Il suffit de prendre la bulle, c'est tout droit et ensuite légèrement à l'est, et l'on atterrit directement sur le toit. S'il y a un toit.

– Y a-t-il des satellites artificiels aux alentours ? demanda Ysao.

– Non, dit Leiko. Pas même de satellites abandonnés. »

Ysao fronça les sourcils, ce qui lui donnait un air tout à fait redoutable.

« Ça ne me plait pas du tout, gronda-t-il.

– Tes compétences me sont indispensables en cas de problème, Ysao, dit Russell. Prépare ton équipement. Toi aussi, Jim. Passe-moi ma combinaison thermique, Leiko.

– Moi ? s'écria Jimson.

– Oui. Tu viens avec nous.

– Mais… je ne reconnaîtrais pas…

– Ta propre vessie d'une lanterne, termina Russell. Et alors ? Qu'est-ce que tu vas faire en attendant ici ? T'engueuler avec Leiko ? Dormir ? Faire des dessins ridicules d'instruments dont tu ne sais même pas le nom ? Sors ton sac et ajoutes-y cela. »

Cela était une petite boite de mousse à séchage rapide. Pourquoi diable faire ? se demanda Jimson.

« Et cela. »

Un communicateur.

« Et cela. »

Une bouteille d'eau.

« Tu as demandé à venir, pas vrai ? »

– Et moi, intervint Leiko, qu'est-ce que je dois faire ?

– Tu nous attends pendant six heures, heure locale. Je t'appellerai toutes les heures. Après six heures, rejoins-nous, à moins que je ne t'ordonne le contraire. Si tu ne nous retrouves pas, quadrille la région avec les investigateurs. Si je cesse d'appeler, descends plus tôt. Si quelqu'un d'autre cherche à entrer en contact, ne réponds pas. Place le vaisseau plus haut. Si nous crions à l'aide…

– J'arrive aussi sec.

– Dis donc, sais-tu au moins quelle peine nous encourons pour interférence culturelle ? s'enquit Ysao.

– Je fais tout ce que je peux pour l'oublier… est-ce pour que toi tu m'y fasses penser, dit Russell. Espérons que De Vala ne se trompe pas et qu'il n'y a que des primitifs dans ce patelin. Espérons surtout que nous n'y rencontrerons personne, pas un pékin, pas une poule, pas une chèvre, rien de rien. »

Jimson sortit son sac rangé dans un compartiment sous sa couchette.

Il y mit le communicateur, la boite de mousse et la bouteille d'eau. Leiko le rejoignit.

« N'oublie pas les nutribarres, suggéra-t-elle d'une voix douce. Tes médicaments. »

Il jeta son flacon de pilules au fond du sac et alla tirer des nutribarres au distributeur. Sur le dessus il posa son carnet de croquis accompagné d'une poignée de plumes.

« Je me demande bien dans quelle galère je m'embarque, lui dit-il en se bataillant avec sa combinaison thermique.

– T'en fais pas, va. Tu te débrouilleras très bien. »

La bulle était logée dans une alvéole à l'intérieur de la coque. Ysao se casa à l'arrière, Russell prit la place du pilote tandis que Jimson s'asseyait à ses côtés. La porte coulissa avec un sifflement. Leiko referma l'écoutille intérieure. Ils demeurèrent immobiles un bref instant, suffisant toutefois pour que Jimson sentît monter sa peur. Puis l'écoutille extérieure s'ouvrit, et ils furent projetés dans le ciel.

*

Bleu dessus, blanc dessous, et les éclats du soleil qui déchirent les yeux...

Russell jura. Il pressa un bouton. Les parois de la bulle polarisèrent la lumière qui devint supportable. Ils descendaient comme en chute libre à travers les couches de nuages cotonneux. De lourds manteaux de brume grise les avalaient, mais ils s'en échappaient toujours et poursuivaient leur chute vertigineuse.

« Pas la peine de t'accrocher comme ça », lança Russell.

Jimson relâcha l'étreinte de ses doigts autour de la barre devant lui.

« Je déteste ces foutus machins, dit-il.

– Moi aussi, approuva Ysao. C'est trop petit là-dedans.

– On y sera bientôt, dit Russell. Les investigateurs ont donné des photos de l'endroit. On y voit des petits tertres qui sont probablement des groupes de bâtiments. On doit les apercevoir maintenant, en jetant un coup d'œil en bas. »

Jimson évita soigneusement de baisser les yeux. Ysao en revanche scruta l'espace en dessous de lui.

« Je vois bien quelque chose, dit-il. Peut-être des bâtiments, en effet. Mon vieux Russell, espérons qu'ils sont vides.

– De Vala jure qu'ils le sont.

– J'aimerais bien savoir d'où il tient ses informations. »

Ils viraient doucement vers l'est, en direction du soleil.

« Un grand édifice noir, dit Russell. Ça doit être facile à distinguer dans ce paysage. »

Parce qu'il ne pouvait se résoudre à regarder en bas, Jimson leva les yeux. Le soleil, en dépit de la surface polarisée de la bulle, blessait douloureusement les yeux. Puis il risqua un œil vers le bas. Leur ombre, une bête noire et informe, se livrait à une chasse impitoyable en dessous d'eux. Les ombres des dunes tranchaient dans la férocité de la lumière – une lumière différente – comme des lames acérées. Il n'y avait pas trace de végétation.

Le bâtiment ne tarda pas à paraître tel une pierre noire posée sur le sable. Russell fit plonger la bulle et l'édifice révéla peu à peu ses formes.

« Pas d'habitants, déclara Russell. On verrait d'autres bâtiments s'il y en avait, ou des tentes, des animaux.

Il jeta un regard interrogateur à Ysao.

– Pas nécessairement », dit le géant.

La bulle se posa parmi les dunes qui montaient à l'assaut de la muraille noire. Des diables de poussière se contorsionnaient avec frénésie dans le vent. Rien de vivant : pas un oiseau, pas un lézard, pas une seule touffe de verdure. Ils se trouvaient au pied d'un lugubre monument dédié au néant.

« Les masques sont à l'intérieur, dit Russell. Êtes-vous prêts ? »

Ils sortirent de la bulle. Le vent les assaillit immédiatement, claquant dans leurs vêtements, arrachant presque le sac des épaules de Jimson. Ils se glissèrent à l'abri derrière la bulle. Les rafales grondaient à leur poursuite.

« Avez-vous remarqué une porte ? cria Russell.

– Essayons la face protégée de la tempête », hurla à son tour Ysao.

Ils s'élancèrent. Ysao avait vu juste ; la face abritée comportait une ouverture avec un sentier qui y menait, et plus ils approchaient de la porte, plus le vent faiblissait.

Le sable à son voisinage laissait paraître une rangée de pavés gris. Ysao se pencha.

« C'est fait de blocs de pierre taillée », dit-il.

Il se releva et fit glisser sa main sur la surface de la muraille.

« Pas de mortier. Ceux qui ont construit cela savaient ce qu'ils faisaient. »

Jimson sentit la pression de la tempête qui les traquait. Il y vit le signe d'une menace.

« Mais où diable ont-ils bien pu partir ? demanda-t-il.

– Ysao, viens voir cette porte, dit Russell.

C'était un portail immense. Russell la poussa, elle s'ouvrit facilement et sans un bruit. Ysao palpa la surface polie.

– Acier de haute qualité, dit-il. Je préfère ne pas penser au poids énorme qu'elle doit peser. Ces gens ne se contentaient pas d'empiler des cailloux. »

Il écarta le battant complètement. Jimson sentit la main de Russell sur son épaule. Son contact avait quelque chose de rassurant. En venant ici il s'était attendu à rencontrer l'inconnu, mais rien d'aussi inquiétant. Cette porte…

Et la salle.

Les rayons du soleil tombaient par des lucarnes ménagées dans la voûte ; elle était gigantesque ! Des piliers s'alignaient sur des distances vertigineuses. Il fallut quelques instants à Jimson pour s'apercevoir que c'était les piliers qui donnaient une telle impression de profondeur. Ils se trouvaient en fait dans l'antichambre d'une autre pièce visible au-delà des colonnes.

« Ils n'ignoraient rien des lois de la perspective non plus, remarqua Jimson.

– Je ne vois pas de masques », dit Russell.

Mais il parlait à voix basse comme s'il craignait de les faire fuir.

Ysao semblait pour une fois évoluer dans un monde à sa mesure. Ils remontèrent l'allée jusqu'à une haute arche qui ouvrait sur la seconde pièce.

Pétrifiés, ils s'immobilisèrent. L'endroit était colossal, avec des parois arrondies et des lucarnes rondes. La lumière qui s'en déversait, faisait onduler l'eau sombre de la pierre noire et marbrée. Les onze masques brillaient, vivants sous les rayons, comme des visages attentifs qui auraient traversé la muraille pour mieux les épier. Jimson sentit près de lui Russell prendre une profonde inspiration.

Tout à coup ses cheveux se dressèrent sur son crâne. Quelqu'un parlait.

Une voix nette et claire. Un langage inconnu.

Une estrade épousait la courbe de la paroi, et au pied de l'estrade il y avait des gens, agenouillés, le visage dans les mains. Une silhouette humaine les dominait ; son visage était un masque.

Si nous les voyons, pensa Jimson, c'est qu'ils peuvent nous voir.

« Ne bouge pas », souffla Russell.

Ysao s'était transformé en statue. Russell se coula jusqu'à lui. Jimson vit ses lèvres remuer et Ysao acquiescer. Puis Russell se redressa lentement, tandis que la voix depuis l'estrade emplissait toujours l'espace.

Soudain ce fut le silence, un silence assourdissant. Jimson se plaqua contre le mur. Son cœur battait à tout rompre. La foule se releva et se mit en marche. La cérémonie venait de s'achever. Seule la silhouette masquée demeurait immobile. *Elle ne voit pas. Pas d'ouvertures pour les yeux. Derrière le masque, elle est aveugle.* Un souvenir prêt à surgir. *Qui… où…*

« Viens. »

Jimson s'accroupit. Telle une frise vivante, la foule longeait le mur du temple. La procession se dirigeait vers l'arche, vers eux. Il fallait que la chance ne les abandonnât pas…

Mais quelqu'un les vit, et cria, l'offense, le danger, la surprise. Russell bondit, frappant l'épaule de Jimson.

« En avant ! »

Ysao courait déjà, à pas de géant, il zigzaguait en direction de la paroi opposée. Jimson le suivit. Un bruissement emplit le temple ; il se retourna ; les étrangers avaient des arcs et des flèches et ils tiraient. Un trait vint siffler non loin de son pied.

Ysao poussa un cri et tomba.

Jimson le rejoignit. Le géant se hissait sur ses mains, une flèche fichée dans la cuisse gauche. Le sang imbibait déjà l'étoffe de son pantalon et il jurait.

« Je vais m'appuyer sur toi. »

Il se redressa et sa main énorme vint peser sur l'épaule de Jimson.

« Par là. Il y a une porte. J'irai à cloche-pied. »

Jimson jeta un coup d'œil en arrière.

Russell levait son pistolet hypnotique. Un homme s'affaissa. Il le pointa de nouveau et un autre tomba.

« Allez-y, dit-il. Je vous suis ! »

Jimson ne tarda pas à apercevoir la porte. Elle était plus petite que le portail principal mais faite de la même matière. Russell, derrière eux, progressait à reculons ; son arme maintenait les assaillants à distance respectueuse.

Ysao qui avançait toujours à cloche-pied, tituba, grognant de douleur lorsque sa jambe toucha le sol. Soudain, Russell bondit, non pas vers la porte, mais sur l'estrade. Il saisit le personnage masqué et lui passa son bras replié autour du cou. Hurlant de fureur, la foule courut vers lui. Russell leur fit face. Il serra la gorge de sa victime jusqu'à ce que cette dernière cessât de se débattre, les bras inertes. Les yeux fixés sur ses poursuivants, il posa la gueule du pistolet sur sa tempe.

La foule se figea sur place.

« Sortez ! » hurla Russell.

Un mot sans doute inconnu pour eux, mais le ton suffit… Ils reculèrent. Jimson aida Ysao à s'adosser au mur et il poussa la porte. Elle révéla une petite pièce carrée, également éclairée par des lucarnes. Toujours sur un pied, Ysao sauta à l'intérieur. Il se laissa glisser sur le sol. Puis Russell les suivit avec son fardeau, et Jimson verrouilla la porte. Russell se précipita vers Ysao.

« Heureusement que j'ai emporté une trousse d'urgence », dit-il.

Il aspergea ses mains d'antiseptique et sortit de la trousse un couteau à long manche. Il incisa soigneusement l'étoffe pour dégager la blessure.

« On se croirait une équipe X », grogna Ysao.

Il regardait sa jambe d'un œil sombre. La hampe en bois y était profondément enfoncée. Le sang avait commencé à coaguler.

« Pas si grave que ça en a l'air, Russ. Vas-y asperge-la. Ça suffira à éviter l'infection si la flèche n'est pas empoisonnée. »

Russell braqua le pulvérisateur sur la blessure.

« Qu'est-ce que tu leur as fait à ces malheureux ?

– Deux heures dans les vaps.

– Parfait. Juste le temps de la réflexion, pas vrai ?

– Mais… s'exclama Jimson, il faut te sortir ça de la jambe !

– Pourquoi faire ? demanda Ysao. La pointe est quelque part dans le muscle. C'est trop compliqué de l'extirper maintenant. Elle peut bien y rester jusqu'à notre retour à bord. »

Il montra la hampe qui ressortait de sa jambe.

« Raccourcis-moi ça, Russ.

– Très bien. »

Il reprit le couteau.

« La lame va être dans un bel état après ça. Tu te cramponnes ? »

Ysao posa ses deux mains à plat sur le sol et s'adossa fermement au mur.

« Jim, par ici. Faut que tu tiennes. »

Jimson avança les mains, hésitant.

« Une main en dessous, l'autre au-dessus. »

Russell entailla le bois aussi profondément que possible. Puis il le prit à deux mains…

« Attention ! »

… et le cassa net.

Ysao étouffa un grognement de douleur.

« Désolé, dit Russell en jetant le morceau.

– Ça ira, dit Ysao. Qu'est-ce que tu nous as amené ? »

Ils regardèrent le corps qui gisait sur le sol.

« Un masque, répondit Russell. Et voyons un peu quoi d'autre. »

Il passa ses mains sous la tête et ôta le masque. Jimson le lui prit : rose vif, lisse comme du verre ; une fine coquille avec deux languettes de métal flexible qui s'arrondissaient vers l'arrière. C'était un masque serein, sans sexe, sans âge. Le visage depuis le sol les fixait d'un air furieux. Les yeux sombres s'attachèrent d'abord à Jimson, puis à Russell. Les cheveux noirs. Un ovale fin, les pommettes hautes. Les seins soulevaient légèrement la mince tunique blanche. La bouche laissa échapper un flot de paroles incompréhensibles. Russell sourit.

« Pas besoin d'interprète, dit-il. Elle ne nous aime pas, c'est tout !

– Ça m'en a tout l'air », approuva Ysao.

Puis il poussa un cri :

« Pirate, détourne les yeux ! »

Russell pivota. Une arme ? pensa Jimson. Soudain une douleur intolérable traversa son crâne. Il suffoquait. Et il s'écroula. Puis, aussi soudainement qu'elle était venue, l'invasion mentale se retira, le laissant nauséeux, à tenter d'agripper les pierres du sol.

CHAPITRE XI

Un bras autour de ses épaules l'aidait à se redresser ; il laissa Russell l'appuyer contre le mur.

« Ça va ?

– On a vu mieux… et pire. »

Il avait mal au côté à cause de la chute.

« Tu pourrais m'expliquer ?

– Tu ne te doutes pas ? dit Ysao. Elle est télépathe, tout simplement. »

Jimson jeta un coup d'œil à la fille qui de nouveau gisait inanimée.

« Ysao l'a senti venir, dit Russell, et il a crié. Moi aussi je l'ai senti et je lui ai opposé mon barrage mental. Mais, pour l'arrêter, il m'a fallu l'assommer. »

Russell se frottait la tête comme s'il avait la migraine.

« Elle est drôlement forte, dis donc.

– Oui mais pas entraînée, dit Ysao. Attention, Pirate, elle revient à elle.

– Je ne vais pas prendre de risques inutiles », lança Russell.

Sa main se referma comme un étau autour du fin poignet qu'il ramena jusqu'entre les omoplates. Le corps de la fille ploya comme un arc bandé.

« Tant qu'elle aura mal elle nous laissera tranquille.

– Relâche un peu, Pirate. »

Le visage d'Ysao s'était tordu de douleur.

« Je ne peux pas maintenir le contact si tu lui… nous fais trop mal.

– Crois-tu pouvoir communiquer avec elle ?

– Je pense. »

Russell relâcha un peu son étreinte.

« Demande-lui son nom.

– Elle ne veut pas le dire. Elle a peur qu'on s'en serve contre elle, rapporta Ysao.

– Elle croit en la sorcellerie ?

– Quelque chose comme ça. Elle nous prend pour des magiciens.

– Excellente nouvelle, s'exclama Russell. Je me moque de son vrai nom. Je veux seulement pouvoir l'appeler. »

Ysao regarda la fille.

« Elle propose : Ast, dit-il.

– Demande-lui où elle vit. »

La fille avait les traits figés dans une expression de défiance.

« Elle ne comprend pas cette question. Elle n'aime pas communiquer de cette manière. La télépathie est quelque chose de sacré pour elle. Elle croit commettre un sacrilège ainsi.

– N'as-tu pas une idée ? Peut-être que des symboles linguistiques feraient tout aussi bien l'affaire ? Ou des images ? Jimson a apporté son carnet de croquis. On pourrait s'en servir. »

Russell n'était manifestement pas sérieux en suggérant cela.

« Quel guêpier ! Que De Vala aille au diable !

– De Vala ? »

En dépit de son bras tordu, Ast se contorsionnait pour regarder Russell. Elle se mit à parler, débitant un flot de paroles parmi lesquelles le nom de De Vala revenait souvent, prononcé d'une manière étrangement coulée… Dévala, Dévala. Le ton était sans aucun doute possible interrogatif.

« Qu'est-ce qui lui prend ? Elle connaît ce nom ? »

Russell la fixait soudain avec attention.

« Dis donc ? Tu ne trouves pas qu'elle lui ressemble ? La corpulence, la couleur de la peau, les yeux… »

Ysao émit un grognement. Ast sursauta.

« Eridani 82… il y a quelque chose ! Je n'arrive pas à voir quoi.

– Elle connaît le nom, dit Russell. Ça ne peut pas être un simple hasard. »

Il jeta un coup d'œil circulaire.

« Et puis je commence à ne pas me sentir bien ici. Où sont passés les autres et qu'est-ce qu'ils mijotent ?

– Ils attendent peut-être de l'autre coté de la porte, suggéra Jimson.

– Qu'en penses-tu, Ysao ?

– Non, répondit ce dernier. Ils se sont retirés à l'extérieur du temple.

– Ils ont peut-être trouvé la bulle. Je leur souhaite du bon temps s'ils essayent d'y pénétrer. Ça va les occuper un petit moment.

– À moins qu'ils ne trouvent un moyen de nous rejoindre ici », dit Jimson.

Il n'y avait pas d'autre porte, mais il pouvait y avoir un passage secret, une trappe…

« Ils pourraient passer en cassant une lucarne.

– Encore faudrait-il qu'ils parviennent là-haut », dit Russell.

La menace toutefois ne manquait manifestement pas de le préoccuper.

« Merde, tiens ! »

Il lâcha la fille et se mit à marcher de long en large.

« Bon ; on va appeler le vaisseau, prendre le masque et s'en aller. »

S'aidant des pieds et des mains, la fille s'éloigna vivement de Russell et se releva. Jimson se plaça entre elle et la porte verrouillée. Elle le regarda d'un œil mauvais.

« Faisable, convint Ysao.

– Oui, mais…

– Mais ?

– Je veux savoir d'où elle connaît le nom de De Vala », déclara Russell.

Ysao acquiesça.

« J'ai une idée. Il existe une méthode enseignée au centre psy. Ça s'appelle saisie-linguistique. Un télépathe entraîné peut prendre un langage dans un autre esprit aussi facilement que tu ramasses un caillou par terre. Si elle veut bien s'y prêter, Ast devrait pouvoir puiser notre langue directement dans mon esprit.

– Tu lui laisserais faire une chose pareille ? Ne pourrait-elle pas en profiter pour te mettre sous son contrôle ?

– Non. Je peux établir le barrage mental à la seconde même où elle tenterait quelque chose de désagréable.

– Qu'elle ne s'y risque pas, ou c'est moi qui deviendrai extrêmement désagréable. Mais essaye toujours, on verra bien. »

Il regarda Ast appuyée au mur, prête à bondir. Son visage se tordit et elle secouait la tête en signe de refus. Sa répugnance pour la communication télépathique se montrait clairement. Elle alla néanmoins s'asseoir en tailleur face à Ysao, en prenant garde à ne pas heurter la jambe blessée. Un lourd rayon de soleil traversé de poussière illuminait ses boucles noires, faisant ressortir la blancheur de sa tunique et la finesse de sa peau brune. Quel modèle elle ferait ! songea Jimson.

Tous deux semblaient s'être retirés dans un autre monde. Jimson se demanda quel effet pouvait produire le contact télépathique pour un autre télépathe, quand cela signifiait pour lui – à moins d'un contact très léger – une exaspération du système nerveux presque intolérable. Le visage d'Ast s'était empreint d'une sérénité extraordinaire. Ysao en revanche semblait respirer avec peine. Tout à coup, il ferma les yeux ; sa tête bascula sur le côté. Russell bondit.

« Ça va, dit Ysao en rouvrant les paupières.

– De l'eau ? »

Russell sortit la bouteille de son sac. Les petites mains d'Ast la guidèrent jusqu'aux lèvres d'Ysao.

« Ça va », répéta le géant.

Il tira à lui le sac de Russell pour en tirer une nutribarre.

« Je vais bien… Ast, dit-il ensuite, mon nom est Ysao. L'homme devant la porte s'appelle Jimson. Et lui, c'est Russell, notre chef. »

Ast regarda Russell. Un peu hésitante dans ce langage qui ne lui était pas familier, elle dit :

« Pourquoi êtes-vous venus voler nos masques ? »

Elle saisit sans aucune difficulté les explications de Russell.

– Je ne savais pas que des voleurs pouvaient travailler pour d'autres qu'eux-mêmes, dit-elle, mais je suppose que cela se fait ainsi chez vous. Vous devez venir d'un pays très lointain, en effet. On ne peut pas voler puis vendre nos masques sur un marché de voleurs comme de simples perles. C'est par leur voix que les dieux s'adressent à notre peuple. Vous savez cela… puisque vous avez prononcé le nom de Dévala.

« Non, dit Ysao, nous ne savons rien de cela. Expliquez-nous.

– C'est Dévala qui a fait les masques avant de s'en aller vivre parmi les étoiles. »

Sa voix prenait une assurance toute solennelle.

« Il était notre chef, notre roi. Nous n'avons plus de roi, maintenant. Il était le plus grand. Quel lourd fardeau pour lui que de diriger des enfants tels que nous ! Alors il est parti, avec ses femmes, ses enfants et toute sa parenté, pour aller vivre parmi les étoiles. Nos chroniques disent qu'ils se sont envolés sur un dragon rugissant. Mais avant de nous quitter, Dévala nous avait donné la Loi et il avait fait les masques pour permettre aux dieux de nous parler. Dévala, dit-on, pouvait parler directement avec les dieux. Nous ne le pouvons pas. La Voix doit porter un masque pour s'adresser aux tribus quand il y a un conflit. Sans les masques, il ne peut y avoir de Jugement. Si vous les prenez, nos dieux ne nous parleront plus !

– Y a-t-il des conflits entre les tribus en ce moment ? demanda Ysao.

– Oui. Entre Athou et Rahid. Rahid est chef. Athou désire le pouvoir de Rahid. C'est une honte. Les dieux ont lu dans l'esprit d'Athou.

– Expliquez-nous le rituel, dit Ysao.

– Ils doivent traverser le désert et venir au temple... c'est la première épreuve. Il leur faut ensuite jeûner un jour entier, et ne pas dormir une nuit entière. C'est alors que les dieux empruntent la Voix pour leur parler.

– Êtes-vous la Voix ?

– Je l'ai été durant trois années. C'est une dure tâche. Cette année sera la dernière pour moi ; je suis déjà trop vieille. Il y a maintenant des enfants dans la tribu qui peuvent lire dans les esprits mieux que moi. Je vais choisir mon successeur, comme j'ai été choisie. Je l'enseignerai et je vivrai parmi les vieilles femmes pour apprendre l'art de guérir. Ainsi le veut notre Loi. Vous... vous allez partir, à présent, n'est-ce pas ? Et dire à vos maîtres que vous n'avez pas trouvé les masques ? Ou qu'une magie plus puissante que la leur vous a empêchés de les voler ?

– Qui sont nos maîtres, selon vous ? demanda Russell.

– Je l'ignore. On dit que dans le nord vivent des magiciens qui font venir la pluie ; ils enferment les vents dans de grandes cavernes et ne les libèrent que lorsqu'ils le désirent. Ce sont eux qui vous envoient. Sinon, comment auriez-vous pu traverser le désert ?

– Qu'est-ce qui vous fait penser que nous ne sommes pas magiciens nous-mêmes ?

– Nos flèches n'auraient pu atteindre des magiciens. Et… »

Son regard s'arrêta un instant sur Russell.

« … des magiciens n'auraient pas eu besoin de me tordre le bras.

– Vous avez raison, dit Russell. Nous ne sommes pas magiciens. Nous ne sommes que des voleurs qu'on va payer pour vous avoir volé les masques. »

Il posa la main sur le merveilleux visage sculpté qui brillait sur le sol poussiéreux.

« Mais vous ne pouvez pas faire cela ! »

Russell sortit le communicateur.

« Jim, enveloppe ce masque dans la mousse. »

À contrecœur, Jimson tira le petit bidon de mousse du fond de son sac.

« Que faites-vous ? s'écria Ast.

– Nous allons partir, dit Russell, le communicateur dans une main, son pistolet hypnotiseur dans l'autre.

"Leiko, ici Russell."

– J'entends, capitaine », répondit sa voix.

Interloquée, Ast contemplait la petite machine.

« Nous avons rencontré quelque résistance, nous n'en sortirons pas sans un peu d'aide, dit Russell. Amène le vaisseau. »

Ast regardait le masque.

« Je vais vous le tenir », murmura-t-elle à Jimson tristement.

Elle le lui prit des mains avec douceur et déférence, puis elle l'éleva devant ses yeux.

Ysao hurla. Trop tard. L'assaut télépathique vrilla le cerveau de Jimson avec une puissance irrésistible. Il tenta de mettre à profit la courte leçon prise à bord. Mais la souffrance le paralysait, le barrage ne fonctionnait pas. Du tréfonds de sa mémoire retentit la voix de Raina Ramoz. *Ils peuvent vous tuer en demeurant trop longtemps dans des couches aussi profondes de l'esprit.*

Puis il eut la sensation de se diluer.

CHAPITRE XII

Jimson se réveilla avec un violent mal de tête, un goût de poussière dans la bouche et un bourdonnement qui lui vrillait férocement les oreilles. Il essaya en vain de remuer : il avait les chevilles et les poignets ligotés derrière le dos. Il faisait sombre, plus sombre que la nuit, plus sombre que l'hyperespace. Il était étendu, le visage collé contre la pierre froide. Tout son corps était douloureux. Il réussit, non sans mal, à se mettre sur le dos ; s'il devait lui arriver quelque chose, autant le voir venir.

Le bourdonnement dans ses oreilles disparut.

« Jim ?

– Russell ?

– Ouais. Tu es ligoté ?

– Oui, mais je peux bouger la tête.

– Moi aussi. Enfin… Leiko doit être en route, maintenant.

– Où sommes-nous, à ton avis ?

– Sous la grande salle, je crois, mais je ne suis pas sûr. Je me souviens d'escaliers.

– Et Ysao ?
– Il n'est pas avec nous.
– C'est Ast, non ? demanda Jimson.
– Oui. »

Un bruit de bottes qui raclaient la pierre.

« Je me dirige vers toi ; dos à dos, on devrait pouvoir se délier. »

Jimson parvint à peine à remuer les doigts tant ses liens étaient serrés. Soudain, la pièce s'inonda de lumière tandis que des pas se rapprochaient. Ebloui, Jimson aperçut cependant Russell à moins d'un mètre de lui, puis la silhouette d'Ast et d'un homme qui se tenaient devant lui.

« Voici Rahid, notre chef », dit Ast.

L'homme se mit à détailler Russell, puis leur parla dans une langue incompréhensible ; Ast traduisait au fur et à mesure.

« Je suis le chef de la tribu ; vous, à la chevelure de feu, vous êtes le chef des voleurs, non ?
– Je m'appelle Russell. »

Raclements sur le sol ; Russell rampa vers le mur et s'y adossa.

« Ce n'est pas un nom de notre peuple ; d'ailleurs vous ne nous ressemblez pas et n'avez pas la même odeur. D'où venez-vous ?
– Du nord, répondit Russell.
– Ast nous a dit que vous avez parlé dans un objet pour demander du secours avant que les dieux ne vous remettent entre ses mains. Ysao ne veut pas nous dire ce qu'est cette chose et nous n'arrivons pas à le faire parler. Il peut se protéger contre nous. Il a dit que vous étiez le

chef, alors c'est à vous que je m'adresse : avez-vous appelé à l'aide ?

– Oui, car moi, je ne suis pas magicien.

– Ainsi, vos maîtres sont les magiciens du nord, s'exclama Ast. Qu'avez-vous appelé ?

– Je ne pense pas que je vous répondrai, dit Russell le plus calmement du monde. Cette chose a été prévenue, elle viendra.

– Un démon des airs ? Un souffle de feu ? »

Russell secouait la tête.

« Attention, homme aux cheveux rouges, vous ne pouvez pas vous défendre comme Ysao. »

Russell haussa les épaules.

« Je suis entre vos mains, mais la chose arrive et seule ma voix peut l'arrêter. »

Il jeta un coup d'œil vers le mur comme pour en mesurer l'épaisseur.

« Vous n'aurez pas longtemps à attendre.

J'ai l'impression d'assister à une pièce, songea Jimson.

– Faites quelque chose, dit Ast à Rahid. Vous souciez-vous si peu de votre propre vie ? »

Rahid se pencha ; un couteau brillait dans sa main.

« De toute façon, dit Russell sans se départir de son calme, je ne donne pas cher de ma vie si je retourne dans le nord sans rapporter ce qu'on m'a envoyé chercher.

– Nous ne vous laisserons pas voler nos masques.

– Dans ce cas, vous les perdrez tous. La chose qui arrive n'a pas d'esprit et se moque bien de ce qu'elle peut brûler. Sous son feu, la pierre comme le cristal se liquéfient.

– Dans combien de temps cette chose arrivera-t-elle ? demanda Rahid toujours par l'entremise d'Ast.

– Plus nous parlons, plus elle se rapproche. »

Russell lança un regard à Rahid.

« Les masques ! »

Rahid secoua la tête avant même qu'Ast eût pu traduire.

« Un masque, un seul, contre la vie de tous ces gens dans la grande salle et ailleurs.

– Impossible, dit Ast.

– On peut toujours trouver un moyen », dit Russell.

Le visage de Rahid reflétait l'indécision. Ast et lui parlèrent pendant un long moment et Jimson entendit revenir plusieurs fois le mot *Athou.*

« Rahid est bien le chef de la tribu, dit Russell à Ast, dans ce cas, je suppose que personne ne discutera ses ordres. »

Rahid écouta avec attention la traduction que lui faisait Ast puis une discussion animée s'éleva entre eux ; Ast se tourna enfin vers Rahid.

« Rahid parlera à la tribu, mais cela prendra du temps ; le dragon n'arrivera-t-il pas avant ?

– Avez-vous détruit nos équipements ?

– Non.

– Apportez-m'en un. Je parlerai à la bête. »

Ast traduisit les propos de Russell à Rahid qui aboya un ordre en direction des escaliers. On entendit une cavalcade, des cris, puis des ombres se dessinèrent sur le mur. Rahid disparut un instant et revint avec un des équipements. Il s'accroupit près de Russell et trancha ses liens.

« Nous sommes deux », fit-il remarquer à Ast.

Rahid approuva d'un signe de tête et délivra Jimson qui ne parvint pas tout d'abord à se relever tant ses chevilles étaient douloureuses à rendrait où les liens lui étaient entrés dans la chair. Il serra les dents et réussit cependant à se mettre debout. Russell tira le communicateur de son sac.

« Leiko ? ici Russell.

– J'arrive, Pirate !

– Non, attends. Je te rappellerai. Si je ne l'ai pas fait d'ici une heure, descends. Est-ce que tu peux produire un bruit comme un dragon, au-dessus de nous ?

– Comme un dragon ? tu te moques de moi ? Enfin... bien sûr. Ça va rugir ! »

Russell sourit et coupa la communication.

« Elle ne viendra pas maintenant, dit-il à Ast, mais si je ne la rappelle pas d'ici un certain temps, elle s'abattra ici.

– Je comprends. »

Elle s'entretint quelques instants avec Rahid qui se mit à sourire férocement en tripotant son couteau.

« Nous allons monter, expliqua Ast, vous marcherez entre nous et les gardes. Ne faites pas de mouvements brusques. »

Maintenant que le danger immédiat s'était éloigné, Rahid se sentait plus sûr de lui et il agita son couteau en direction de Russell.

Sur un ordre de Rahid, les deux gardes armés de lances qui se tenaient devant la porte s'écartèrent. Le chef prit une torche sur une applique du mur et se mit à gravir les marches suivi de Jimson et de Russell. Russell semblait parfaitement détendu ; lorsque Jimson se retourna, il lui adressa un clin d'œil et émit un petit rire satisfait.

Cela eut apparemment le don d'énerver le garde derrière lui qui lui appuya la pointe de sa lance dans le creux des reins.

Le rouquin se retourna et d'un geste vif saisit la lance qu'il tira à lui sans cesser de gravir les marches. Déséquilibré, l'homme trébucha vers l'avant ; Russell l'accueillit d'un magistral coup de pied dans le ventre. Le garde poussa un cri et s'écroula sur son compagnon, manquant le renverser lui aussi. Russell cassa la lance en deux sur ses genoux et lança les morceaux dans l'escalier.

Le rugissement commença lorsqu'ils pénétrèrent dans le temple.

On eût dit d'abord le sifflement du vent, puis le bruit s'enfla jusqu'à emplir la bâtisse comme le hurlement déchirant d'un gigantesque animal blessé. Terrifiés, les hommes dans leurs longues robes sombres se jetèrent à terre, les mains sur les oreilles, dans une attitude implorante. Boum… les murs du temple se mirent à vibrer. Boum ! Boum ! Russell et Jimson profitèrent du silence mortel qui suivit le dernier coup de tonnerre pour rejoindre Ysao près de l'estrade.

Une nutribarre à la main, Ysao ne semblait pas incommodé le moins du monde.

« Intéressant, dit-il à Russell.

– Tu viens d'entendre le rugissement d'un dragon.

– Un dragon ? ah ! oui, bien sûr. Très réussi, félicitations. J'ai convaincu Rahid de te parler, nous avons eu de la chance. Quel arrangement avez-vous conclu ?

– Un délai pour parler. Je lui ai dit que j'avais un dragon sous la main et que s'il nous arrivait quoi que ce soit, il dévasterait tout ici.

– Un délai pour parler, répéta Ysao. Oui, nous en avons besoin. Dis-moi, Pirate, je voudrais regarder un masque, peux-tu m'en avoir un ?

– Cela devrait être possible. »

Les oreilles de Jimson résonnaient encore du rugissement du vaisseau. Dans la salle, les hommes de la tribu se tenaient toujours prostrés, hébétés. Dans leurs niches, les masques contemplaient la scène comme s'il s'était agi d'un divertissement joué pour eux. *Nous sommes vieux*, semblaient-ils dire, *montrez-nous quelque chose de nouveau, étrangers.* Jimson ressentait de la pitié pour ce peuple qui n'avait jamais rien entendu de plus fort que les vents du désert ou peut-être le tonnerre.

Que peuvent bien penser les masques ?

Il ne pouvait s'empêcher de songer à eux comme à des êtres vivants.

Avec l'autorité de quelqu'un qui tient la situation bien en main, Russell enjamba les corps toujours allongés à terre et ramena un des masques.

Il figurait un visage de femme aux longs cheveux, sculpté dans une pierre froide veinée de gris laiteux. Ysao le contempla longuement avant de le placer sur sa tête où il prit aussitôt une apparence monstrueuse. Après l'avoir retiré, Ysao semblait à la fois heureux et surpris. Il effleura doucement la pierre de la paume de la main.

Rahid accourut alors vers eux, les mains jointes dans une attitude de supplication. Russell reprit le masque des mains d'Ysao et le lui tendit.

« Je suppose qu'ils sont tous comme ça, murmura Ysao.

– Comme quoi ?

– Inutile de chercher pourquoi Ast était si puissante lorsqu'elle avait le masque… ce sont des résonateurs psychiques. »

Autour d'eux, les hommes commençaient à se relever, mais aucun ne se dirigea dans leur direction, ils préférèrent se mettre à l'abri sous la colonnade. Seuls Rahid qui berçait le masque et Ast accroupie aux pieds d'Ysao ne s'éloignèrent pas avec les autres.

« Tu as entendu parler des résonateurs de cristal, Pirate ? »

Russell secoua la tête en signe de dénégation.

« Ça n'a été découvert qu'après que nous ayons pénétré dans l'hyperespace, expliqua Ysao. C'est une matière rare ; on ne sait pas la synthétiser. Elle a un grand nombre d'usages et peut prendre différentes formes ; celle d'un diamant si tu veux. Cette forme… eh bien, je n'en ai vu que deux exemplaires, un au centre psy, et l'autre chez le commandant des flottes, sur Nexus. Avec un truc comme ça, tu peux accroître l'intensité et la distance d'une communication télépathique. Lorsqu'on a commencé à étudier sérieusement les capacités psy, on a cru qu'il serait désormais possible de communiquer de planète à planète et même de système à système, et que des télépathes éloignés de plusieurs années-lumière pourraient aisément communiquer. Mais on a vite découvert qu'aucun télépathe ne pouvait se concentrer sur plus de quelques kilomètres. Sauf avec les résonateurs en cristal. Avec ce masque je pourrais porter tout autour de la planète, peut-être plus loin. Je pourrais également pénétrer aussi profondément et aussi précisément que je le voudrais dans un autre esprit. Au centre psy, ils s'en servaient en chirurgie. Ils donneraient n'importe quoi pour en avoir un autre. C'est un trésor, Russell.

– Combien le centre psy paierait-il pour un tel masque ?

– Je crois que tu pourrais fixer toi-même ton prix.

– Je ne suis pas cupide, mais je serais complètement fou de laisser passer une occasion pareille. Il faut ramener un masque au centre psy et un autre pour Roman De Vala.

– Non, rien pour Roman De Vala, dit Ysao.

– Il a loué mes services ; je ne romps jamais mes contrats.

– Un jour, dit Ysao d'une voix méprisante, ce monde a appartenu à De Vala. Laisse-moi te raconter l'histoire, Russell, ça m'a pris un bout de temps pour m'en rappeler. Te souviens-tu de ce qui s'est passé sur Vieille Terra, lorsqu'ils étaient tous désespérés, qu'ils n'avaient plus assez à manger, avant l'arrivée des Verdiens, avant la navigation dans l'hyperespace ? Ils ont déclenché une guerre, mais ensuite ils se sont aperçus que ça ne suffirait pas pour s'exterminer totalement et ils ont construit une immense flotte de vaisseaux interplanétaires à fusion et l'ont lancée vers les étoiles à travers l'espace-temps normal. Certains de ces navires ont atterri sur Nouvelle Terra. À partir de Nouvelle Terra, des colons sont arrivés à travers l'hyperespace jusqu'à Nouveau Terrain. Regarde une vieille carte des étoiles, Pirate, et tu verras que Eridani 82 se trouve près de Sol. Un, deux, une dizaine de navires, je ne sais pas, ont atterri sur Déméa. Le voyage a dû leur prendre une centaine d'années.

– Pas autant, rectifia Russell.

– Cinquante ? De toute façon, c'est bien long pour demeurer enfermé dans une botte métallique, sans soleil, sans air frais, avec les mêmes trombines en face de toi nuit et jour. Dans de telles conditions, les traits culturels se figent, s'ossifient. Dans les Nuages, le plus gros problème des nouveaux colons est d'arriver à se libérer des traditions qu'ils ont eux-mêmes créées à bord des vaisseaux.

– Ce voyage-là dure quatre-vingts ans, fit remarquer Russell.

– Oui, mais maintenant, les gens vivent plus longtemps. Essaye un peu de t'imaginer prisonnier d'une de ces boîtes, ignorant tout de ta destination, ignorant même si tu en sortiras un jour vivant. N'oublie pas non plus qu'à l'époque ils ne pouvaient pas se retrancher derrière un écran télépathique. Lorsque les gens de Vieille Terra sont arrivés sur Eridani 82, ils étaient devenus bien étranges ! Ni eux ni leur technologie n'étaient adaptés au monde sur lequel ils débarquaient. Beaucoup sont morts sur Déméa, les autres en sont restés profondément marqués. Cent ans plus tard, une équipe-X est arrivée et a été stupéfaite de ce qu'elle a découvert. La culture s'était développée de manière classique : une majorité exploitée et abêtie, et une minorité privilégiée, corrompue et despotique. La minorité savait où ils étaient, d'où ils venaient et pourquoi, mais la majorité avait tout oublié, sauf quelques bribes d'histoire transformées en mythes. Les masques et ce bâtiment doivent être les témoignages de ces mythes.

– De Vala était-il un de ces despotes ? » demanda Jimson.

Ast sursauta en entendant le nom. Comment accueillerait-elle cette version de son histoire, si elle pouvait comprendre ? se demanda Jimson. Probablement de la même manière que lui quand on lui parlait de la physique de l'hyperespace.

« Peut-être, répondit Ysao ; qui connaît son âge ? Toi, Russell ?

– Non. Mais que s'est-il passé après l'arrivée de l'équipe-X ?

– Par crainte de l'aggraver ils ont décidé de ne pas se mêler à la situation. Ils ont effacé Déméa de leurs bandes.

C'est pour cela que les bandes de l'ordicentre sont vierges. Ils ont donc abandonné l'endroit, mais il fallait faire quelque chose avec les plus effroyables des despotes.

– Ils auraient pu le tuer, fit remarquer Russell.

– Les équipes-X ne prennent pas de telles décisions. Ils ont donc emmené les pires avec eux et les ont débarqués sur d'autres planètes.

– *Ils se sont envolés sur des dragons rugissants,* dit Russell, songeur. Voilà pourquoi De Vala prétend être terrien.

– S'il est réellement aussi vieux… qu'il pourrait l'être, il doit songer à Terra comme à sa planète ; et à Déméa et aux masques comme à sa propriété.

– Veut-il les avoir pour leur beauté ? demanda Jimson.

– Je crois que tu ne comprends pas, dit Ysao. Il les veut parce qu'ils lui appartiennent, et peut-être aussi pour leurs qualités de résonateurs psychiques. Ce type-là rêve. Il a de l'argent et il aime le pouvoir. Tu le connais, Pirate, tu travailles même pour lui, et pour un bon prix. Le laisserais-tu prendre du pouvoir sur toi ?

– Crois-tu qu'il soit télépathe ? demanda Russell, mal à l'aise.

– Ce n'est pas impossible.

– Je croyais que tous les télépathes devaient subir un entraînement au centre psy », dit Jimson.

Ysao eut un petit rire.

« Certains n'en sont pas capables et de toute manière ce n'est pas une obligation.

– De Vala n'est qu'un homme insignifiant, dit Russell. Un peu mystérieux et très riche, voilà tout.

– Peut-être seuls son père et sa mère ont-ils joué les dieux sur Déméa, voire même ses grands-parents, mais il a en tout cas entendu parler d'une planète où il pourrait être roi. Tu penses que c'est seulement un amateur d'art obsédé par la beauté pure, un homme insignifiant extraordinairement riche et rien d'autre, mais peut-être est-ce qu'il veut te faire croire. Ne te fie pas à ce qu'il dit, il peut mentir. Enfin, s'il est télépathe, comment toi pourrais-tu t'en apercevoir ?

– Simples hypothèses, rétorqua sèchement Russell.

– Peut-être, mais j'ai passé neuf ans au centre psy et dans les équipes-X, aussi accorde-moi une certaine capacité à dresser des hypothèses qui ne soient pas totalement absurdes.

– Comment sais-tu tout cela ? demanda Russell.

– C'est une femme télépathe du nom de Goryn qui faisait partie de l'équipe-X, qui me l'a raconté il y a bien longtemps. »

Jimson essaya, en vain, de se remémorer le visage de De Vala, *le petit avec les cheveux noirs.*

« Peut-être as-tu raison, concéda Russell, mais je me suis engagé à rapporter à De Vala un masque de cristal et je ne peux manquer à ma parole. »

Jimson eut soudain l'impression qu'un rire, un rire venu du fond des temps s'élevait dans le temple. *Ah ! cette histoire est plus divertissante que la précédente. Frères, sœurs, écoutez !*

Les masques !

Il se dirigea vers l'un d'entre eux qui faisait saillie hors du mur. Le masque argenté figurait une tête légèrement plus grande que nature. Les mots semblaient impuissants à décrire une telle beauté froide et arrogante. Un éclair fulgurant traversa l'esprit de Jimson : il voyait la face d'un dieu.

Le masque semblait lui sourire. Il tendit les mains. Je ne veux pas te voler, je sais que ta place est ici, mais je te dessinerai.

Le masque suivant était une tête de dragon sculptée dans une pierre rouge. Le long museau, les narines, las écailles et les crocs étaient rendus de manière saisissante ; on eût dit que le masque allait rugir. L'obscurité absorbait toute luminosité comme l'éponge absorbe l'eau, mais le dragon luisait doucement. Des yeux iridescents examinaient Jimson avec une curiosité inhumaine. Il frissonna. *Je te dessinerai aussi.*

« Jim »

Jimson n'entendit même pas Russell qui s'approchait.

« Qu'y a-t-il ? »

Jimson se retourna.

« Une nuit, donne-moi une nuit. »

Un cri rauque se répercuta sous la colonnade ; Rahid y répondit de la même manière. Un autre cri se fit entendre.

Russell se tourna vers Ast.

« Que se passe-t-il ?

– Ils ont peur de vous et veulent s'en aller. La nuit vient, ils demandent que Rahid vous abandonne aux dieux.

– Donne-moi une nuit, Russell.

– Pourquoi ?

– Donne-moi une nuit et tu n'auras plus besoin de ramener un masque à De Vala. Mon nom peut nous servir. Je les dessinerai. *Les masques de cristal,* de Jimson Alleca. De Vala est un collectionneur, il sait ce que valent mes œuvres. S'il n'est pas télépathe, il ne se rendra pas compte de ce que nous avons fait, et il te paiera les dessins. S'il est télépathe, eh bien… de toute façon il aurait mieux valu ne pas lui rapporter de masque. »

Le dragon rouge souriait. Un nouveau cri retentit.

« Qu'y a-t-il ?

– Athou me dit que je suis folle de rester », dit Ast.

Elle regarda Russell avec une assurance tranquille.

« Je suis la Voix des dieux ; je reste. »

Russell jeta un regard vers Rahid qui se tenait aux côtés d'Ysao.

« Et lui, pourquoi reste-t-il ?

– Il a juré de protéger les masques.

– Il te laissera peut-être emmener un masque, dit Ysao, mais si tu en emmènes deux, il tentera de t'arrêter et tu devras le tuer. Si tu prends deux masques sans le tuer, c'est son peuple qui s'en chargera.

– Que penses-tu de l'idée de Jim ? demanda Russell.

– C'est à toi de décider. C'est toi qui commandes. »

Russell jeta un long regard à Rahid.

« Je ne veux pas le tuer.

– Il ne te laissera pas le choix.

– Je déteste ça », lança Russell furieux.

Il saisit son communicateur.

« Leiko, ici Russell. Nous allons rester ici… »

Il lança un bref regard à Jimson.

« Toute la nuit. Je t'appellerai toutes les heures. Si je manque un appel, atterris. Sans ça, on se revoit à l'aube.

– Je me sens abandonnée, capitaine. Bon, ça marche. Reste en contact. »

Russell se tourna vers Ast.

« Dites à Rahid que nous passons un marché avec lui. Je jure que s'il nous donne un masque, un seul masque, il n'arrivera rien ni au temple ni à votre peuple.

– Pourquoi alors voulez-vous rester ici jusqu'à l'aube ? »

Ce fut Jimson qui répondit.

« Votre peuple dessine-t-il des images, Ast ? »

Il s'agenouilla et se mit à dessiner un visage sur la poussière du sol.

« Les femmes décorent les tentes avec des dessins à la craie… ainsi vous allez dessiner les autres masques et ramener les dessins à vos maîtres. Mais il n'y a pas de craies, ici, et puis cela va prendre longtemps.

– Non, regardez. »

Il lui montra son carnet de croquis. Par chance, le carnet était presque neuf, il pourrait gâcher du papier. Il dessina rapidement un visage aux pommettes hautes, avec des sourcils épais et des cheveux noirs et bouclés. Rahid s'approcha pour contempler le dessin qui naissait sous la plume.

« C'est moi ! » s'exclama Ast.

Rahid posa un doigt prudent sur le papier. Ast posa la question avant lui.

« Quelle est donc cette matière ? Je n'en ai jamais vue auparavant. »

Jimson referma le cahier.

« Quelque chose que nous fabriquons chez nous. »

Rahid regardait la combinaison de Jimson ; il dit quelques mots à Ast qui traduisit.

« Dans votre pays, même les voleurs sont riches. »

Ast et Rahid s'entretinrent pendant un long moment, après quoi la jeune fille se retourna vers Russell.

« Rahid accepte, pour le bien de la tribu. »

Le chef ajouta quelques mots à l'adresse d'Ast puis sortit dignement de la grande salle.

« Et vous ? demanda Russell.

– Je vous l'ai dit, je reste. »

Russell haussa les épaules. Il faisait très sombre, la nuit ne devait pas être loin.

« Jim, combien y a-t-il de masques ?

– Douze.

– Ce qui veut dire qu'il y a onze portraits à faire. Penses-tu pouvoir y arriver en une nuit ? Ça paraît beaucoup.

– Je n'ai pas besoin de prendre tous les détails, je pourrai terminer sur le vaisseau.

– C'est vrai, évidemment, tu auras tout ton temps sur le vaisseau. »

Il s'éloigna.

« Russell. »

La voix de Jimson résonna dans l'obscurité. Russell se retourna.

« Oui ?

– Où vas-tu ? demanda-t-il faiblement.

– Je vais m'assurer que nous sommes bien seuls. »

Le ton était sec, cassant.

« Attends. Russell, dis-moi, qu'est-ce qui ne va pas ?

– Je n'en peux plus. J'ai l'impression que c'est le destin qui m'a amené sur Mage pour voir ton exposition, puis qu'ensuite tout s'est enchaîné de manière à ce que je te conduise jusqu'à l'autre bout de nulle part pour te permettre de dessiner.

– Tu es fou. Comment pouvais-je prévoir ce qui allait se passer ?

– Alors pourquoi m'as-tu supplié de te prendre à bord ? Tu aurais pu prendre n'importe quel navire. Pourquoi le mien ?

– Nous… nous sommes amis.

– Nous étions amis.

– Non ! nous sommes amis. Du moins le pensais-je.

– Je le pensais aussi, dit Russell. Je pensais même que nous étions plus qu'amis, je ne l'ai pas oublié. Mais pendant dix jours nous avons été enfermés ensemble dans la *Morgana* et j'ai dû garder mes mains dans mes poches ; est-ce ça que tu veux ? dans ce cas je continuerai ainsi, et au diable le passé et le présent. De toute façon, il n'y a pas de futur. Je le sais. »

Il s'interrompit un instant.

« Je suppose que tu me punis de t'avoir abandonné, de ne pas être revenu. Je t'ai dit pourquoi, et tu sais que ce n'était pas parce que je ne tenais pas à toi. Au contraire. Maintenant, je n'ai pas changé, encore faudrait-il que tu me laisses la possibilité de t'aimer. »

Il se retourna. Jimson tendit la main pour le rattraper. Trop tard ; Russell s'éloignait déjà à grands pas. Bon sang, Russ, songea-t-il, nous nous sommes connus il y a quatorze ans et tu voudrais balayer ces années, tu voudrais que nous redevenions amants ? Comment veux-tu que je sois détendu avec un télépathe derrière moi qui me souffle dans le cou ? et Leiko… j'ai besoin de me retrouver un peu seul avec toi, j'ai besoin d'espace, d'intimité.

Ast le regardait, compatissante, semblait-il. Que comprenait-elle de tout cela ?

Tout probablement. Elle était télépathe.

Les pas de Russell décroissaient dans l'obscurité. *Dépêche-toi, Alleca, tu n'as pas de temps à perdre.*

CHAPITRE XIII

Jimson se frottait les yeux.

Patient, intéressé, le dragon rouge contemplait sa fatigue. À la lumière des lampes (la prévoyante Leiko en avait mises deux dans le sac de Russell), le visage las d'Ysao semblait plus blanc sous sa barbe. Ast était assise à ses côtés, appuyée contre la pierre froide. Elle avait essayé de rester éveillée, mais le sommeil l'avait finalement gagnée. Jimson s'étira et se frotta à nouveau les yeux.

« Apporte-moi un autre masque. »

Russell prit le dragon rouge et s'éloigna. Ils s'étaient repliés dans la petite salle située derrière l'estrade. « Plus facile à défendre », avait déclaré le rouquin. Il revint un long moment après avec le dieu argenté.

« Je suis allé pisser. Je plains celui qui s'aventurera dans le désert ce soir : il y a un de ces vents ! »

Jimson se mit à dessiner le visage brillant aux traits sévères. La pièce semblait s'assombrir ; la lampe faiblissait-elle ? *Non, impossible ; c'est ton imagination*. Le froid…

la tension… tout son corps lui faisait mal. Dehors, le vent gémissait et des rafales de sable venaient griffer les vitres. Il perdait du temps… pourquoi perdait-il ce temps précieux ? *Cesse de rêver, travaille !* Ah ! s'il avait ses fusains, un bureau, une lumière décente.

Si seulement il pouvait effacer de sa mémoire les paroles de Russell !

Il se força à travailler. Une autre heure passa. Dans l'ombre, Russell chuchotait son message à Leiko.

« Un autre masque », demanda Jimson.

Russell lui amena une déesse argentée, majestueuse et sensuelle. La tête penchée d'Ysao jetait une ombre grotesque sur le mur. *Alleca, sale égoïste. Il est blessé. Il devrait être à bord du vaisseau, à l'heure actuelle.*

Les ténèbres et le vent lui rappelaient sa mort, ce double astral qu'il portait déjà incrusté dans ses os. La fureur s'empara de lui. Je t'écraserai, lui dit-il, je prendrai chez chacun ce qu'il me faudra pour parvenir à t'écraser.

Parfois, Ysao se mettait à murmurer dans ses rêves ; d'abord de petits chuchotements, puis des phrases entières jetés comme des cailloux sur les murs qui les emprisonnaient. Jimson l'entendait à peine ; il travaillait maintenant à un masque translucide aux reflets bleutés comme de la glace, qui évoquait irrésistiblement les bulles virevoltantes de Nexus. La surface du visage semblait lisse, mais la pierre était rugueuse lorsqu'il passa le doigt dessus. « Chudra, j'aimerais que tu voies ça », murmura-t-il.

« Jim. »

Penché sur Ysao, Russell avait découvert sa blessure. Jimson chancela. À partir de la croûte de sang séché qui recouvrait la blessure, des traînées rouges montaient vers l'aine et descendaient jusqu'au genou. Ysao les regardait sans les voir en proférant des phrases incohérentes. Jimson posa la main sur le front du blessé ; il était chaud.

« Merde ! »

Russell prit la trousse médicale dans son sac et en sortit quatre ampoules de gel qu'il appliqua autour de la blessure.

« Nous aurions dû faire ça tout de suite et ne pas nous fier aux injections d'immunomine. La chance seule sait quand on lui en a administré pour la dernière fois. J'ai une pilule contre la fièvre, là. Où est l'eau ? »

Ast lui tendit une bouteille.

« Et maintenant comment faire pour lui ouvrir la bouche ?

– Je m'en charge, dit Ast.

– Parfait ! »

Russell tendit la pilule et la bouteille d'eau à Jimson.

« Quand elle lui aura ouvert la bouche, introduis la pilule avec un peu d'eau. »

À travers la barbe d'Ysao, Ast chercha à tâtons les contours de sa mâchoire, tandis que Russell s'appuyait de tout son poids sur les épaules du géant. Jimson réussit à glisser la pilule avec un peu d'eau dans la bouche ouverte.

« Fermez-lui la bouche », lança Russell à Ast.

Ysao tenta de s'asseoir ; il suffoquait. Il roula sur le côté, écrasant sous son poids la main gauche de Russell. Finalement, les mouvements convulsifs cessèrent. Russell regarda sa main : un des doigts était écorché et saignait, et les autres étaient gonflés.

« Passe-moi la trousse. »

Il vaporisa une solution antiseptique sur sa main blessée.

« Et maintenant ? demanda Jimson.

– On attend. Je n'ai aucune envie de le transporter dehors avec ce vent glacé. La fièvre devrait tomber. Nous ne le transporterons que si son état empire.

– Est-ce de la magie ? demanda Ast timidement.

– Non, répondit Russell, c'est de la médecine. »

Il se tourna vers Jimson.

« Tu ne veux pas appeler Leiko ? C'est l'heure. »

– Je lui dis, pour Ysao ?

– Oui. »

Jimson hésita une seconde avant de prendre le communicateur.

« Allô, Leiko.

– Salut, mon amour, ça se passe bien ?

– Pas exactement, non.

– Raconte.

– Eh bien, Ysao ne va pas très bien, mais je pense que ça devrait aller mieux. Quant à moi, je passe la nuit le cul sur le sol à dessiner. »

Le rire de Leiko résonna dans la salle comme si elle se trouvait avec eux.

« À vrai dire, tu ne me surprends guère, mais que se passe-t-il exactement avec Ysao ? »

Il lui donna tous les détails.

« Russell n'attendrait pas s'il était vraiment en danger, mais je me tiens prête à descendre en cas d'urgence. De toute façon, il n'y a plus que deux heures avant l'aube.

– Salut ! »

Jimson se rappelait de cette aurore qu'ils avaient partagé sur le toit de la maison à Nexus. *On tourne en rond… ça ne s'arrête jamais…*

« Fatigué ? demanda Russell derrière lui. Détends-toi. »

Il posa ses deux mains sur les épaules de Jimson.

« Je ne savais pas que les navigateurs spatiaux apprenaient le shiatsu. »

Les pouces de Russell lui malaxaient les trapèzes.

« Je me suis toujours bien servi de mes mains. »

Ses doigts poursuivaient leur exploration, tantôt bienfaisants, tantôt douloureux. Jimson se revoyait dans le verger, à l'Ile Haute… ainsi, le temps était revenu. Personne ne regardait : Leiko était à bord du vaisseau et Ysao endormi. Il faut que j'en parle à Leiko songea-t-il distraitement. Qu'en dira-t-elle ? Elle se moquera de moi, probablement, pour avoir attendu si longtemps.

« Pas besoin de garder tes mains dans les poches, Russ. »

Ysao se mit à parler de nouveau. Russell poussa un soupir ; ses lèvres effleuraient les cheveux de Jimson. Il alla s'agenouiller aux côtés d'Ysao qui se débattait faiblement, le regard perdu dans le vide.

« Ysao, Ysao. »

Il lui saisit la tête entre les mains. Le télépathe croisa son regard.

« Russell ?

– Oui, c'est moi. Tu es fatigué, Ysao, dors.

– Où… où… »

Il tenta de se soulever.

« Ce n'est pas… où suis-je ? Il fait froid. Je veux me mettre au lit. »

Russell lui caressa tendrement le visage.

« C'est le seul lit qu'il y ait ici.

– J'ai froid, geignit Ysao.

– D'accord. Reste tranquille. »

Russell prit Ysao dans ses bras. Nulle gaucherie dans un geste qu'il avait l'air d'avoir accompli maintes et maintes fois auparavant. Ysao s'apaisa et sembla s'endormir.

Jimson quitta la pièce pour les laisser ensemble.

Lorsque Russell vint le rejoindre, il le trouva assis sur le bord de l'estrade.

« Ast s'est réveillée et le veille ; elle m'appellera s'il recommence à crier. »

Russell s'assit à ses côtés et passa un bras autour de ses épaules.

« Tu as l'air crispé. Je pensais avoir résolu cela. Qu'y a-t-il Jim ?

– Vous avez été amants, toi et Ysao ?

– Oui. Quelque temps. Tu es jaloux ? »

Jimson s'efforça de rire.

« De tes amants ? Je ne suis pas complètement idiot ; cela fait quatorze ans que nous ne nous sommes pas vus et comme tu as toujours eu le plumard un peu facile, je suppose que tu dois avoir une bonne centaine d'amants aux quatre coins de l'hyperespace.

– Oui, au moins. Mais alors, qu'est-ce qui ne va pas ? »

Jimson se frotta les yeux. Il se sentait épuisé.

« Un jour, un ami m'a dit : "tous les télépathes sont des voyeurs."

– Tu devrais demander à Ysao, mais je crois que c'est vrai.

– Je ne supporte pas l'idée que quelqu'un me regarde lorsque je suis au lit avec toi.

– Je comprends. Est-ce pour cela que tu t'es tenu éloigné de moi à bord du vaisseau ?

– En grande partie, oui.

– Eh bien, Ysao dort, maintenant. »

Le vent gémissait dans les sables. Jimson s'arracha aux bras de Russell.

« Non, Russ, les masques ; il faut que je les termine. »

La lumière jetait une large tache un peu grise sur le sol poussiéreux. Dans la lumière blafarde, le masque bleu étincelait. Jimson s'étira ; c'était l'heure de sa pilule. Il avait perdu toute notion du temps, cette nuit-là, mais ses os qui lui faisaient mal venaient la lui rappeler. Il se dirigea vers les paquetages. Russell était étendu de tout son long sur le sol. Ast dormait aussi et ronflait tout doucement aux côtés d'Ysao roulé en boule comme un bébé au milieu des sacs. Jimson posa une main sur son front ; il était frais.

Russell se réveilla.

« Il va mieux. Leiko va bientôt arriver. »

Il découvrit la jambe d'Ysao. La peau était encore rouge autour de la blessure, mais les traînées violacées avaient disparu. Le géant poussa un grognement et se réveilla.

« Tu as passé une mauvaise nuit, lui dit Russell. Comment te sens-tu, maintenant ?

– Ça va.

– Tu crois que tu pourras marcher ?

– S'il le faut, oui.

– Tant mieux, je préfère ne pas avoir à te porter. »

Dans un bruit de tonnerre, le vaisseau se posa près du temple.

Leiko fit son entrée, un pistolet hypnotique à la main. Elle portait une combinaison thermique richement ornée qui jetait des reflets argentés dans la pâle lumière du petit matin.

« Salut, tout le monde ! »

Russell vaporisa un anesthésique local sur la jambe d'Ysao, tandis que Jimson rassemblait les affaires dispersées aux quatre coins de la pièce. Il saisit le masque bleu qui changea aussitôt de couleur à la lumière du jour. Le dieu souriait. Ah ! s'il pouvait disposer d'une heure encore, d'une seule heure…

« Est-ce celui-là que nous emportons ? demanda Leiko.

– Je pensais que nous allions prendre le dragon », dit Russell.

Il adressa un sourire à Jimson.

« Allez, on va prendre celui-ci ; je sais combien ça peut être frustrant d'abandonner un travail à moitié fait. »

Dans un fracas de verre éclaté, les hommes surgirent alors dans la grande salle.

Ils étaient partout, sautaient du toit, comme s'ils avaient voulu se suicider. Ils portaient des robes couleur de sable. Quatre d'entre eux se précipitèrent sur Russell, cherchant à s'emparer de son pistolet hypnotique. Une voix hurlait des ordres. Calmement, Leiko s'adossa au mur et se mit à tirer. Un des assaillants s'était coupé en sautant à travers la verrière et se tordait de douleur sur le sol, les mains et le visage ensanglantés. Pourquoi ne m'attaquent-ils pas ? se demandait Jimson, mais au même instant il se souvint qu'il tenait le masque. Quelqu'un se glissa alors derrière lui et l'enserra violemment ; ses doigts s'ouvrirent.

Rapide comme l'éclair, Ast bondit alors et saisit le masque au vol.

Soudain, un bras s'enroula autour de son cou tandis qu'il sentait une vive douleur au côté gauche. Il cessa de se débattre. Le silence qui s'était abattu sur la grande salle du temple n'était plus rompu que par le souffle court de l'homme derrière lui et les gémissements du blessé étendu sur le sol.

Ast traduisit les paroles de l'homme qui tenait Jimson à sa merci.

« Rahid dit qu'il ne négocie pas avec des voleurs. Si vous ne vous rendez pas, il tuera votre compagnon. »

Un instant de silence. Immobilisé, Jimson ne pouvait voir le visage de Russell, mais il sentit toute la rage contenue lorsque sa voix s'éleva.

« Dis à Rahid que s'il ne lâche pas immédiatement ce couteau, non seulement je prendrai le masque mais encore je le tuerai. »

Le silence semblait infini. Une boucle de cheveux venait chatouiller les yeux de Jimson. *Tranquille, tranquille, tu ne mourras pas aujourd'hui.* Il sentait le cœur de Rahid battre à contretemps du sien. La douleur du couteau piqué dans sa chair les unissait comme deux amants. Il n'entendit ni la phrase suivante de Russell ni la réponse de Rahid, mais brusquement il était libre.

Il trébucha vers l'avant tandis que les longs doigts de Leiko se refermaient sur son poignet et qu'elle l'attirait à elle. Ast s'était emparée de deux pistolets hypnotiques et du masque. Les hommes de Rahid rassemblaient les leurs touchés par les fléchettes paralysantes. Celui qui s'était blessé en sautant poussa un hurlement de douleur lorsqu'on le déplaça.

Sur un ordre bref de Rahid, un des hommes de la tribu lança à Russell un objet brillant. Un couteau. Rahid fit passer plusieurs fois son arme d'une main à l'autre. Les genoux légèrement fléchis, Russell se mit en garde. Rahid porta une botte violente que son adversaire para aisément. Ast contemplait le duel, une main sur le masque, l'autre tenant un des pistolets par le canon. Rahid se fendit, et sa lame vint érafler la combinaison thermique de Russell. Léger comme un danseur, Russell fit un bond et se retrouva derrière lui, mais Rahid était rapide et il lui fit face aussitôt, prêt à riposter. Rahid sourit d'un air menaçant. Russell lui rendit son sourire. Du sang tachait sa combinaison.

« Te fous pas de moi, mon chéri », lança Russell.

Rahid lui porta un nouveau coup qu'il parvint à parer, mais il se retrouvait soudain en porte à faux.

Russell tomba vers l'avant, exécuta une superbe roulade et se retrouva un genou en terre, l'arme pointée vers son adversaire ; un parfait ukemi. Le couteau siffla dans l'air accrochant au passage un rayon de lumière et vint se ficher dans la gorge de Rahid. Un flot de sang jaillit de la blessure et le chef de la tribu s'écroula. D'un geste vif, Leiko rafla des mains d'Ast les deux pistolets hypnotiques. Elle pointa les armes sur les hommes de Rahid.

Russell haletait ; son visage et ses cheveux étaient poisseux de sang. Il se leva et jeta un regard à Jimson.

« J'ai appris ce coup il y a une dizaine d'années. Enveloppe le masque dans de la mousse et partons ; je crois que nous avons acquitté le péage. »

CHAPITRE XIV

Jimson jeta un bref regard à l'étourdissant tourbillon écarlate sur l'écran, puis s'éloigna lentement sans adresser la parole à Leiko, réprimant l'envie fugace qu'il avait eue de lui caresser les cheveux. Le visage tendu, la main se déplaçant imperceptiblement sur le levier de commande, elle conduisait le vaisseau comme une navette au milieu des courants et des tourbillons du Labyrinthe. *Trois jours.*

Ils avaient fait le bond. Le visage de Russell s'était crispé en une grimace féroce lorsqu'il avait vu la poussière rouge les environner de toute part.

« Sors-nous de là », avait-il dit à Leiko.

Depuis lors, elle n'avait pas pris un instant de repos. Russell la convainquit finalement et non sans mal, de faire quelques mouvements de gymnastique aux barreaux et de manger un morceau. Elle n'accepta que lorsqu'il lui eut juré de ne pas toucher aux commandes du vaisseau. Il dormait à peine, comme une bête traquée, se levant pour faire les cent pas ou aller vérifier l'ordinateur. *Trois jours déjà, et si nous n'en sortions jamais ?*

Laisse tomber, travaille. Mais il ne pouvait travailler. Ses carnets de croquis étaient empilés dans un coin et il ne les avait pas ouverts. Il avait mal à la jambe, à la tête et même aux mains. L'anxiété.

Russell s'approcha de lui.

« Que se passe-t-il ? »

Jimson ne pouvait pas dire : « j'ai peur », alors il dit :

« J'ai mal.

– Nous sommes tous sur les nerfs ; sauf la fille.

– Elle aussi, lança Ysao, assis à sa table de travail. Nous lui avons refilé nos angoisses.

– Pauvre petite », dit Russell.

Ast était allongée sur sa couchette, les yeux grands ouverts, le regard perdu dans le vide.

Tandis que les hommes de la tribu emmenaient le corps de Rahid, Ast s'était approchée de Russell.

« Emmenez-moi avec vous.

– Impossible.

– Si vous me laissez ici, Athou me tuera. C'est lui le chef maintenant. J'étais la Voix des dieux, et j'ai pris parti contre lui dans son différent avec Rahid. Rahid est mort et nous avons perdu un masque. Il va jeter l'opprobre sur moi, je le sais.

– Nous ne pouvons pas l'abandonner à la mort, dit Leiko.

– Où l'amènerons-nous ? demanda Russell. À Nexus ?

– Je pense qu'elle pourrait aller sur ma planète natale, sur Anzen, dit Leiko. Il y a des déserts.

– Je peux l'amener au centre psy, dit Ysao. N'oublie pas qu'elle est télépathe.

– Si jamais les flics de l'hyperespace ont vent de cette histoire… tu sais que c'est un rapt.

– Un rapt, un vol, où est la différence ? s'exclama Leiko. Nous ne pouvons absolument pas la laisser ici. »

La *Morgana* l'avait intriguée sans pour autant l'effrayer. Elle n'avait pas eu peur au décollage, mais le bond puis l'hyperespace l'avaient terrifiée. Ysao se tenait à ses côtés lors des repas ; il la cajolait littéralement. Elle ne se servait pas des toilettes, Ysao la portait sur une autre couchette, nettoyait, essuyait, et la grondait doucement comme on gronde une enfant.

« Tu crois que ça va aller, pour elle ? demanda Jimson.

– Si nous, nous allons bien, oui. Elle n'aime pas l'endroit, c'est tout, et je la comprends. Elle est terrifiée, tout est nouveau pour elle, ici. Elle s'est réfugiée dans ses rêves, des rêves éveillés de Déméa, de sa tribu, de sa famille… mais elle sait où elle se trouve.

– J'ai trouvé des schémas, dit Ysao à Jimson, ça te dirait de jeter un œil ?

– Volontiers. »

Jimson s'assit sur le coin de la table en prenant garde de ne pas heurter la jambe d'Ysao. Russell avait pratiqué une intervention chirurgicale de fortune pour extraire la pointe de la flèche et un gros bandage lui enserrait la cuisse.

« Ça, qu'est-ce que c'est ? demanda Jimson.

– Le cœur du réacteur. »

Ysao disposa le diagramme entre eux.

« Rappelle-toi de sa disposition. »

Jimson se représenta mentalement le petit espace resserré sous le toit du vaisseau. Ysao et lui y étaient montés la veille.

« Le tableau de contrôle… tu t'en souviens, il se trouve à gauche de la porte quand on entre, eh bien ce tableau comporte une rangée de boutons et trois cadrans. »

Il posa un doigt sur le diagramme.

« Ici, là et là.

– Oui, je vois.

– Les boutons se différencient par leur couleur, mais également par leur chaleur. Le rouge, qui est assez chaud, mais pas trop est le bouton Arrêt. Il coupe les circuits de commande du pilote. Le vaisseau ne peut pas faire le bond tant qu'on n'a pas appuyé sur le bouton bleu et froid, à droite du rouge. Si on appuie sur les boutons dans l'hyperespace, rien ne se produit.

– Dans le cas contraire, que se passerait-il ?

– Le vaisseau exploserait.

D'aucuns disent que le monde se muera en boule de feu,
D'autres parlent de glace
Pour ce que j'ai goûté du désir,
Je tiens pour qui parle du feu.

– Je ne me souviens plus du reste, dit Jimson, mais il était dit que la glace ça marchait aussi.

– Je le pense bien, dit sèchement Ysao. Au fait, est-ce que tout ce que je te raconte t'intéresse ?

– Non, pas vraiment. »

Comment s'intéresser au réacteur alors qu'ils ne parviendraient peut-être même pas à sortir de l'hyperespace ?

La veille, Russell lui avait montré comment diriger les détecteurs, mettre l'image au point sur l'écran et se servir des armes du vaisseau. La conduite des investigateurs l'avait amusé, et puis, cela leur donnait à tous quelque chose à faire.

Sa jambe le faisait beaucoup souffrir. Il commença à grimper aux barreaux ; lorsqu'il sentit que son corps commençait à s'arquer, il cessa de s'appuyer sur ses pieds et resta suspendu par les mains. Lentement, il se hissa à la force des bras, barreau après barreau, fourra ses pilules dans sa poche, prit une profonde inspiration et redescendit. Un jour, songeait-il, je demanderai à Russell de nous mettre en apesanteur. Il s'imaginait grimpant sans effort jusqu'à sa couchette… après tout, elles avaient été conçues pour ça.

Alleca, regarde les choses en face. Il n'y aura pas d'un jour. Il ne serait bientôt plus capable de se suspendre aux barreaux ; cela lui faisait déjà trop mal aux mains. Il prenait maintenant ses pilules toutes les six heures au lieu de douze ; elles lui faisaient du bien… enfin, il le croyait. Sortiraient-ils de ce maudit Labyrinthe ? Il sourit à part lui, heureux que personne ne put voir combien en fait son sourire ressemblait à une grimace. La chance ne voudrait pas qu'il meure de cette manière.

« On s'en sortira, dit-il à haute voix.

– Russell ! »

C'était la voix de Leiko. Jimson lâcha le barreau et fit une chute de près d'un mètre cinquante sur le sol en se tordant la cheville. Il se releva et se dirigea en boitillant légèrement vers l'écran.

« Qu'y a-t-il ? demanda Russell.

– Je viens d'apercevoir un objet solide. Qu'est-ce qui peut bien être solide dans l'hyperespace ?

– Faisons sortir les investigateurs. Jimson, à toi. »

Jimson tapa le code sur le clavier de commande et un essaim de lentilles mobiles jaillit de la *Morgana*. Sur l'écran, l'image se déforma puis changea d'aspect.

« Là ! »

Russell se pencha sur le tableau pour diriger les investigateurs. Une forme se détacha de la poussière rouge et remplit peu à peu la surface de l'écran : un polygone sombre. Ysao s'approcha.

« On dirait un vaisseau… un cargo, même, dit Russell.

– Impossible, rétorqua Leiko.

– Je crois bien que si, au contraire, dit Ysao.

– Je vais essayer d'appeler. »

Russell joua sur les touches.

« J'appelle le cargo, j'appelle le cargo. Répondez. Ici la *Morgana* de Nexus, répondez, cargo, répondez. »

Leurs regards étaient rivés sur l'écran.

« Rien. »

Ses doigts erraient sur le clavier.

« Essaye l'audio, dit Ysao.

– J'appelle le cargo, j'appelle le cargo, répondez. »

Un éclat de rire.

Allègre, modulé. Terrifiant. Jimson frissonna, comme cinglé par la lanière d'un fouet. Leiko serrait le levier de commande ; ses doigts étaient blancs.

« Russell ? Russell O'Neill ? Tu es là aussi ? »

La voix était stridente, le ton ardent.

« Oui, Shev, je suis là. »

Un nouvel éclat de rire.

« Il est fou, dit doucement Ysao.

– Shev, combien y a-t-il de survivants sur ton navire ?

– Moi seul, mon amour, moi seul. Les autres sont partis faire une balade à pied du côté des étoiles, ha, ha, ha !

– C'est la folie de l'hyperespace. Pirate, dit Ysao. L'effet de la discontinuité entropique sur les cellules du cerveau. Tu te souviens des premiers explorateurs de l'hyperespace ? Le pilote a dû succomber le premier, et sans pilote ils n'ont pas pu sortir.

– Shev, suis-nous, dit Russell. Branche ton ordinateur sur le nôtre ; nous retournons à Nexus.

– Non. Oh ! non, non, non. Je suis si fatigué, si fatigué. Oh ! Russell, l'hyperespace, tu sais, ça te broie l'esprit. Il m'a broyé il y a déjà plusieurs mois, lorsque Barbara est morte. Je ne peux pas vous suivre, je ne peux pas sortir de là. Plusieurs fois j'ai fait le bond sans savoir où je me trouvais, et maintenant je suis ici. Il y a longtemps que mes détecteurs ont disparu. Je ne peux même pas vous voir, comment ferais-je pour vous suivre ?

– Ton ordinateur…

– Ils sont tous morts, Russell ; Barbara, Dash, Persha, Geryon, tous morts… J'ai jeté leurs corps en pâture à l'hyperespace ; il les voulait, vois-tu ? Il me veut aussi. Il nous veut morts. Fais-lui plaisir, Russell, ou il ne te laissera jamais sortir. Tue-moi ! Détruis l'Emeraude ! Ne me laisse pas comme ça ici. S'il te plaît, tue-moi. »

Russell coupa le contact et fit tourner son siège vers eux. Jimson ne l'avait jamais vu aussi bouleversé.

« Je ne peux pas.

– Si, Russell, il le faut, dit férocement Leiko. Tu ne peux pas le laisser comme ça ! »

Russell dut croiser les mains pour dissimuler leur tremblement.

« Nous avons suivi ensemble la formation de capitaine… nous étions amis… amants. Je ne peux pas.

– Si toi tu ne peux pas, moi je peux », lança Leiko.

Russell se leva d'un bond et saisit Leiko par le bras. Une pâleur mortelle envahit ses traits.

« Pas sans mon ordre, entends-tu, pas sans mon ordre.

– Du calme, Pirate, lança Ysao.

– Entendu », dit Leiko.

Il la relâcha.

« Je vais lui parler. »

Il brancha de nouveau l'audio.

« Shev ! Ton ordinateur te servira de pilote. Branche-toi sur nous.

« Je n'ai pas de pilote. C'est Barbara qui était pilote, et elle est morte. Ah, ah, ah, ah !

– Si je dois encore supporter ça, dit calmement Leiko, c'est moi qui vais devenir folle.

– Je vais lui parler », répéta Russell.

Il parla longtemps, tantôt chuchotant, tantôt hurlant, tandis que la poussière rouge tourbillonnait autour des deux navires.

« Tue-moi ! tue-moi ! »

Pas un endroit sur la *Morgana* où l'on put échapper à l'atroce supplique. Même Ast l'entendit et se mit à gémir au milieu de son rêve éveillé.

Jimson apporta à Russell de l'eau et une nutribarre. Le capitaine posa la nutribarre à côté de lui sans plus y penser, mais but quelques gorgées d'eau.

« Depuis combien de temps ?... demanda-t-il d'une voix rauque.

– Six heures, répondit Jimson.

– Shev, lui, erre dans le Labyrinthe depuis un an. Il a perdu toute notion du temps. Je n'arrive pas à situer exactement la mort de ses compagnons, mais ça s'est passé juste après le bond. Barbara s'est suicidée, Dash s'est roulé en boule sur sa couchette et a cessé de s'alimenter. Shev croit que l'ordinateur est mort également parce qu'il ne lui parle pas lorsqu'il le branche. Il lui a dit de détruire le vaisseau et l'ordinateur ne l'a pas fait. Quand je lui parle, il rit, il rit sans cesse en répétant : « tue-moi, tue-moi ». Pourquoi la chance a-t-elle voulu que nous nous rencontrions s'il devait mourir ? »

Il parlait d'une voix brisée. Jimson posa la main sur ses cheveux : ils étaient trempés de sueur.

« Nous étions amants. Nous nous sommes rencontrés sur Nexus. Shev... n'est pas très grand. Lui aussi a les cheveux bruns. Il me faisait un peu penser à toi. Nous sommes restés amis après avoir cessé d'être amants. Lorsqu'il a été engagé pour cette mission, je l'ai supplié de ne pas partir. »

Jimson essayait d'imaginer Russell en train de supplier quelqu'un.

« Il s'est moqué de mes angoisses, m'a juré que tout se passerait bien, et pourtant c'était moi qui avais raison. »

Il leva des yeux pleins de larmes sur Jimson.

« Lorsqu'on a cessé d'avoir des nouvelles de lui, je t'ai envoyé le visicube. Comme on lance un appel de détresse.

– Je suis venu.

– Oui. Tu es venu. Et maintenant, que vais-je faire ?

– Te sens-tu capable de faire ce qu'il t'a demandé ?

– Non. »

Jimson lui passa à nouveau la main dans les cheveux. Russell, pensa-t-il, tu n'as jamais su accepter la mort. Tu as quitté Nouveau Terrain pour ne pas voir la mort d'un amant. Bientôt, peut-être, sera-ce moi qui implorerai le coup fatal. Seras-tu là ? La douleur montait en lui, il se frotta les mains comme à son habitude.

Je te propose un marché, Russell O'Neill, songea-t-il. Si tu restes avec moi jusqu'à la fin, j'accomplirai ce geste pour toi.

Il repassa le code dans son esprit : le quatrième bouton à partir de la fin déverrouille le panneau, et les commandes du laser se trouvent tout à fait à droite. Il ne pouvait se permettre aucune erreur de tir. Russell se remit à parler.

« Shev, nous allons sortir de là. Avec toi. Ton ordinateur fonctionne encore, tu peux nous suivre.

– Tue-moi ! »

Jimson abandonna négligemment sa main sur le clavier de l'ordinateur. Debout à sa gauche, Ysao lui fit un bref signe de tête. Hagard, Russell contemplait le vaisseau qui dérivait sur l'écran comme un spectre dans la nuit, et ne remarqua ni le signal automatique de l'ordinateur ni l'égrènement du compte à rebours qui se confondait avec les multiples bruits du vaisseau. Tandis que les canons sortaient de leurs sas, un bouclier magnétique se mettait en place, interrompant toute liaison entre les investigateurs et l'écran qui présenta soudain une surface totalement blanche. La *Morgana* se tourna vers l'Emeraude.

La voix de Shev s'interrompit au milieu d'une phrase. Russell se raidit, puis se jeta sur les commandes manuelles de la console. Trop tard. Merde ! pensa stupidement Jimson, les investigateurs sont perdus, il va falloir s'en passer maintenant. De toute façon, ils étaient prévus pour Déméa.

Pardonne-moi, songea-t-il en pensant à Shev Allard. Pardonne-moi de n'être pas Russell.

Dans la pourpre quiète et mortelle du Labyrinthe, une boule incandescente retournait peu à peu à la poussière.

Russell poussa un cri de rage.

Jimson eut juste le temps de se protéger les yeux de son bras replié.

CHAPITRE XV

Du calme.

Jimson expira doucement en s'efforçant de ne bouger aucun muscle de son visage. Russell souleva légèrement le coin du bandage puis tira d'un coup sur le sparadrap. Jimson eut l'impression qu'un tison ardent lui labourait la joue. À califourchon sur lui, Russell lui enserrait les jambes de ses genoux.

« Et maintenant, l'autre.

– Vas-y vite !

– Oui, oui. »

Il retira le second pansement, puis se pencha sur le visage de Jimson et promena délicatement sa langue sur la blessure. C'était chaud.

« Laisse-moi me lever. »

Russell s'écarta et Jimson, nu, se dirigea vers le miroir. La bague de Russell avait tracé deux sillons sur sa joue gauche et un autre sur la joue droite. De grosses taches violettes marquaient ses flancs. Russell avait fait des ravages pendant le court laps de temps où il avait pu frapper. Ensuite, il avait laissé Leiko et Ysao l'emmener.

Russell se tenait derrière lui, promenant des doigts légers sur ses meurtrissures. Jimson frissonna.

Depuis qu'il avait pulvérisé le vaisseau de Shev Allard, il lui arrivait parfois dans son sommeil, d'entendre Leiko pousser un cri de triomphe.

Un jour, le lit avait ployé sous le poids de Russell.

« Nous sommes sortis du Labyrinthe, Jim. Plus que neuf jours avant d'arriver à Nexus. »

Les hésitations consécutives à leur longue séparation avaient été balayées. Russell s'était révélé un partenaire expérimenté et raffiné.

« Tu devrais mettre quelque chose sur ces contusions, lança Ysao depuis sa table de travail.

– Des compresses, par exemple », suggéra Leiko.

Elle se détourna un instant de l'écran et sourit en le voyant nu. Il ne ressentait aucune pudeur en face d'elle, et il était trop tard pour qu'il en ressentît devant Ysao. Un jour qu'ils faisaient l'amour, et que les mains de Russell lui arrachaient un cri d'orgasme, il avait senti une présence et compris qu'Ysao les observait. Maintenant, il était certain qu'il les avait observés depuis le début. Russell remarqua sa grimace.

« Tu veux y mettre un anesthésique ?

– Non, non, ça ne me fait pas mal. »

Ce qui lui faisait mal, en revanche, c'était la cheville qu'il s'était tordue en tombant des barreaux. Il retourna à sa couchette pour s'habiller. Il enfila ses vêtements avec lenteur, espérant que les autres ne le regardaient pas. Toutes ses articulations lui faisaient mal. Lorsqu'il se fut habillé, il dut reprendre sa respiration. Il avala une pilule, sans bien savoir si elles lui faisaient encore de l'effet, prit son carnet de croquis et s'installa sur la table des repas.

Plus que huit jours avant l'arrivée… il s'efforça d'oublier la douleur, huit jours ce n'était rien. Il tiendrait. Sur Nexus il trouverait le matériel nécessaire pour terminer ses dessins. Il comptait dessiner la plupart des masques à la plume, mais graver le dragon et la dame d'albâtre à la pointe sèche et le masque bleu sur une carte à gratter. Il n'avait besoin que d'une semaine de travail pour rendre le tout à De Vala. *Une semaine ? Voyons, Alleca, es-tu capable de réaliser neuf dessins, deux eaux-fortes et une carte à gratter en une semaine* ? Il se frotta les mains l'une contre l'autre. *Bon sang, bien sûr que tu en es capable.*

Une violente douleur à la jambe gauche lui arracha un cri. Russell se précipita.

« Jim, Jim, ça va ? »

Il se retint pour ne pas crier : *non, ça ne va pas du tout, ça n'ira jamais bien !* Il attendit un moment que la douleur refluât, puis il dit :

« Oui, ça va. C'était juste une crampe.

– Je vais te chercher quelque chose. »

Russell revint avec un cachet et un verre d'eau.

« Ne reste pas là, dit Jimson, agacé. Je t'ai dit que ça allait.

– Russell, lança Leiko, prépare un plan de vol pour le centre psy.

– D'accord, je vais voir ça. »

Il s'assit à sa table de travail, puis un moment plus tard se tourna vers Leiko.

« Nous serons plus vite arrivés à Nexus en passant par là. Cinq jours pour arriver au centre psy, une journée dans l'espace-temps normal et une demi-journée dans l'hyperespace jusqu'à Nexus.

– Parfait, répondit Leiko. Y a-t-il un port au centre psy ? »

Le cachet faisait son effet, Jimson écoutait, lointain, vaguement curieux.

« Il y a une lune, mais ce n'est pas là que nous atterrirons. Il y a un astroport sur la planète.

– Et après ? demanda Leiko. Y a-t-il une boîte aux lettres ? Nous voulons déposer un colis : un objet d'art ancien et une charmante petite d'une quinzaine d'années. C'est combien ? »

Jimson eut un petit rire en songeant à Ast transformée en paquet et glissée dans une botte aux lettres. Une douleur lui vrilla la jambe gauche, mais cette fois-ci c'était supportable. Il avait connu pire.

« Ysao, demanda Russell, y a-t-il une porte prévue pour nous au centre psy ?

– Tu la trouveras, ne t'inquiète pas. »

In-té-res-sant

oui.

Au milieu du sommeil pesant causé par les médicaments, Jimson entendit une voix d'homme et une voix de femme. La femme lui évoquait la déesse d'argent. Cela était probablement dû à sa façon de parler, à la fois majestueuse et amusée. Elle avait une curieuse manière de décomposer les syllabes. Que faisait-elle sur la *Morgana* ?

Il se réveilla.

Malgré son sommeil, il s'était rendu compte du bond dans l'espace-temps normal effectué avant l'arrivée au centre psy. Nous avons dû atterrir, songea-t-il, et il essaya de s'asseoir.

Il ne pouvait pas bouger.

Les voix poursuivirent leur conversation.

Il fallait détruire ce vaisseau.

Par-fait. O'Neill n'aurait pas pu le faire.

Le pilote aurait pu.

Oui, elle aurait pu. Mais c'était parfait. Remarquable.

Les voix s'éloignèrent un instant avant de revenir.

Quelle habileté ! C'est rare dans un monde bouleversé comme le nôtre. Un tel amour constitue l'essence même de la vraie tragédie.

La seconde voix approuva. Jimson croyait être victime d'hallucinations auditives. Des êtres humains pouvaient-ils parler ainsi ? Une troisième voix intervint dans la conversation.

Vous perdez du temps.

La déesse d'argent se mit à rire.

Mais non, Mahil, tu n'y com-prends rien.

Réveillez la fille.

Les voix s'évanouirent complètement. Jimson essaya une nouvelle fois, en vain, de bouger. Il n'avait pas mal, mais son corps ne répondait pas aux injonctions de son cerveau. Centimètre après centimètre (cela lui sembla durer des heures), il se redressa, jusqu'à s'adosser à la tête de sa couchette. Leiko était assise dans son fauteuil, immobile. Russell, assis également, faisait des efforts désespérés pour tourner la tête, faisant saillir les tendons de son cou.

Ysao, dit la déesse d'argent, n'es-tu pas d'accord avec moi ? As-tu contribué à ce que la situation en arrive là ?

Comment la déesse connaissait-elle le nom d'Ysao ?

« Non, dit Ysao à haute voix. Pardonne-moi, Goryn, mais je ne joue pas avec la vie de mes amis. »

C'est triste pour toi, dit Goryn. Moi je le fais.

« C'est peut-être pour cela que tu n'as pas d'amis », rétorqua Ysao.

Tu es bien grossier.

Les voix s'estompèrent puis revinrent.

Mahil, Nior et moi avons discuté. Nous estimons que tu devrais rester, puisque tu es là ça t'éviterait le désagrément d'un second voyage.

– Vous préparez quelque chose, dit Ysao, je vous connais.

Mais-bien-sûr, dit Goryn. Si tu veux y prendre part, reste.

Réveillez la fille, dit à nouveau la troisième voix.

Ast se leva de sa couchette, s'étira, puis, en souriant, elle retira à Jimson ses bottes extensibles et les chaussa. Elle prit ensuite le masque bleu, toujours enveloppé de sa mousse protectrice.

« Je vous quitte, dit-elle à Jimson. Ils disent que je suis comme eux, que je suis une des leurs. Ce doivent être des dieux. Je vais apprendre à en devenir un moi-même. »

Elle se tourna vers Ysao.

« Vous devez venir. Ils le veulent. »

D'un ton enjôleur, la voix de femme dit : Si tu ne viens pas maintenant, Ysao, tu n'auras rien à dire plus tard.

Ysao secoua la tête.

« Tu es incorrigible, Goryn. »

Un frisson, un bruissement, parcourut l'esprit de Jimson.

Jim-son Al-lec-a. C'était la voix féminine. J'aime votre esprit. Vous êtes un vi-sion-naire. Lorsque vous en aurez fini avec la vie, rejoignez-moi ici. Je vous trouverai quelque chose à faire, quelque chose d'intéressant.

« Goryn ! » s'écria durement Ysao par la porte ouverte.

Venez lorsque vous serez prêt, pas avant.

Goryn, tu perds du temps ! dit Mahil.

Oh ! non, dit-elle en riant.

Ast et Ysao sortirent dans la lumière du soleil.

Au revoir, dirent trois voix en chœur.

Dans un hurlement de réacteur à fusion, la *Morgana* quitta le centre psy.

« J'ai un torticolis, maintenant, s'exclama Leiko d'une voix indignée. Ysao aurait pu nous prévenir, quand même.

– Je ne pense pas qu'il le savait, répondit Russell, il a dû être surpris.

– Que ferons-nous en cas d'urgence, sans ingénieur ?

– Je me débrouillerai. »

Jimson descendit avec raideur de sa couchette. Il avait mal. Il prit un cachet contre la douleur dans la trousse médicale, appuya sur les boutons de commande pour obtenir trois nutribarres et en porta une à Leiko et une à Russell.

« Ça va ? lui demanda Russell abruptement.

– Oui, ça va.

– À ton avis, que voulait dire cette femme lorsqu'elle s'est adressée à toi ? »

Jimson haussa les épaules.

« Je n'en sais rien. »

Il entendait encore ses paroles. Lorsque vous en aurez fini avec la vie…

La nutribarre se brisa entre ses doigts et tomba par terre. Il fut surpris à la fois de sa colère subite et de la force qui lui restait encore. Il pouvait ménager Russell, mais pourquoi se mentir à lui-même ? La femme qui avait la voix de la déesse d'argent avait parlé de sa mort.

Il se dirigea lentement (il ne pouvait plus marcher rapidement) vers la table qui jouxtait celle des repas et se mit à feuilleter son carnet de croquis. Les dessins lui parurent bons, et il en éprouva du plaisir, mais chaque geste qu'il faisait pour tourner les pages lui faisait mal.

Si seulement il pouvait y avoir quelqu'un sur qui s'appuyer, mais la mort c'était justement cela, il n'y avait personne. *Tu ne peux tromper la chance.* Il serra les doigts sur ses paumes : ses phalanges blanchirent, ses ongles lui entrèrent dans la chair. Il étendit à nouveau les doigts, sentant les tendons bouger sous la peau. Le cachet commençait à faire son effet. Il effleura ses paupières du bout des doigts. *Tes yeux et tes mains, Alleca, c'est tout ce que tu as. Ça, et ton esprit.*

Il se dirigea vers sa couchette ; sous l'effet de la drogue, il se sentait flotter. Lorsque les premiers effets seraient passés, il travaillerait, mais pas maintenant.

Pas le temps. Pas le temps…

CHAPITRE XVI

La *Morgana* mit un jour et demi pour aller du centre psy à Nexus.

L'appétit de Jimson diminuait ; pendant cette traversée, il ne mangea qu'une demi-nutribarre. La douleur allait et venait à son propre rythme, indépendamment des médicaments. Il demeura assis à sa table, une plume à la main, le carnet ouvert devant lui, trop faible pour travailler. Il rabroua plusieurs fois Russell et Leiko qui finirent par le laisser en paix. Leiko calculait leur approche au Port. Le retour sur Nexus était beaucoup plus délicat que le départ, car le bond depuis l'hyperespace dans l'espace-temps normal devait se faire quelque part sur l'orbite de la lune de Nexus avant de pouvoir gagner la planète elle-même. Leiko pianotait sur le clavier de l'ordinateur en fredonnant d'une voix de fausset. Russell faisait les cent pas. Lorsque Jimson ne supporta plus d'être assis, Russell l'aida à monter sur sa couchette.

« Juste un bras ; je crois que ma jambe gauche refuse de fonctionner.

– Passe ton bras autour de mon cou. »

Russell hissa Jimson sur sa couchette puis s'attarda avec lui.

« Ça va, dit Jimson, ça va bien.

– Tu veux un cachet ?

– Ça fait plusieurs jours que les cachets ne me font plus d'effet. Puisque je te dis que ça va ! Laisse-moi ! »

Russell se détourna.

Jimson laissa passer un moment puis dit :

« Russ, excuse-moi. Je ne voulais pas m'emporter.

– Ce n'est rien. Lorsque nous serons sur Nexus, je t'amènerai à une clinique.

– D'accord. »

Il doutait fort cependant qu'aucune clinique ou qu'aucun médicament pût encore quelque chose pour lui.

La douleur reflua. Il dormit un peu. Lorsqu'il se réveilla, il se sentait mieux ; la souffrance dans ses articulations avait diminué. Il avait faim et se dirigea lentement vers le distributeur de nutribarres.

« Ça y est, tu te lèves ? lança Leiko.

– Oui, je me sens mieux. À combien sommes-nous de Nexus ?

– Tout près. »

Lorsqu'ils atterrirent à Nexus, Jimson se sentait à peu près bien, mais il évita de se regarder dans une glace. Une fois qu'il eut rassemblé toutes ses affaires, Russell voulut porter son sac.

« Je le porterai moi-même », dit sèchement Jimson.

Leiko ouvrit la porte extérieure du vaisseau et un flot de lumière, infiniment plus brillante que l'éclairage artificiel, se répandit sur le plancher. Une chaude odeur de métal monta jusqu'à eux. Le médaillon de Russell se mit à scintiller au soleil.

« Où irons-nous d'abord ? demanda Leiko.

– À la clinique, dit Russell.

– Non, dit Jimson.

– Comment ça, non ?

– J'ai dit non. Je vais très bien. Je ne veux pas aller dans une clinique avant d'en avoir vraiment besoin. »

Il se tenait très droit, s'efforçant d'oublier la douleur qui lui vrillait les os.

« Je veux aller chez Rinn.

– Excellente idée, s'exclama Leiko. Allez, capitaine, chez Rinn ! »

Une claque sur l'oreille n'aurait pas été plus terrible que le bruit qui régnait au bar. Etait-ce ainsi avant ? se demanda Jimson. Rinn, le cheveu sombre, sans âge, était planté derrière son bar comme un champignon qui n'en aurait pas bougé depuis son éclosion. Il essuyait toujours d'interminables rangées de verres. Trois dessins de Jimson ornaient encore les murs. Ils fendirent la foule pour atteindre le bar.

« Bienvenue à vous, lança Rinn. La première tournée est pour la maison. Qu'est-ce que ça sera ?

– Du vin, dit Leiko.

– Une bière, dit Russell.

– Je passe », dit Jimson.

Il sentit le regard de Russell s'appesantir sur lui.

Ils s'assirent à une table. Jimson chercha Miri des yeux, mais elle n'était pas là ; le Sigurd devait avoir quitté Nexus. Avait-elle vraiment plus de trois cents ans ? Voilà un âge, en tout cas, qu'il n'atteindrait jamais.

« C'est lui, dit une voix derrière lui.

– Mais non ce n'est pas lui ; il est beaucoup trop mince.

– Mais si, repartit la première voix. D'ailleurs je vais lui demander. Monsieur ? »

Un mot qu'on n'avait guère l'habitude d'entendre chez Rinn. Jimson se retourna. Deux jeunes filles se tenaient derrière lui, l'une était blonde au teint clair, l'autre, plus petite, avait les cheveux noirs. Ce fut la blonde qui s'adressa à lui :

« Ne seriez-vous pas Jimson Alleca, l'artiste ?

– Je crois bien, oui.

– Nous sommes venus ici tous les jours, mais c'est dur de parler aux gens lorsqu'on ne peut pas poser de questions. Heureusement, nous connaissions votre visage ; j'ai un portrait de vous sur un livre-bande. Je m'appelle Sarah, et voici Achiko. C'est moi qui ai eu l'idée, alors c'est moi qui vais le demander. On voulait des portraits, un de moi pour elle et un d'elle pour moi. Elle part dans une semaine, mais moi je reste sur Nexus ; j'ai encore deux ans d'entraînement à faire.

– Tu dois avoir dix-huit ans, non ? demanda Jimson.

– Dix-neuf. Achiko en a vingt et un. »

Russell pâlit comme si on lui avait plongé un couteau dans le cœur.

« J'ai un disque de crédit, dit Achiko. Nous pouvons vous payer. »

Jimson les considéra longuement.

« D'accord je vais faire vos portraits… »

Il prit son cahier à dessins et ses plumes.

« Et je ne vous demanderai rien. Toi d'abord », dit-il à Achiko.

Elle avait les traits vigoureux, les pommettes saillantes, un nez légèrement épaté. Ses cheveux étaient bouclés, ses yeux bruns, sombres et pénétrants. Il traça des contre-hachures le long des ombres du nez, élargit légèrement les yeux, déchira la page et la lui tendit.

« À toi, maintenant. »

Sarah s'assit dans la lumière. Ses cheveux longs et fins tombaient en cascade le long de son visage. Ses sourcils étaient deux plumes au-dessus de ses yeux bleus. Le cercle des visages souriants autour d'elle la rendait nerveuse, ses yeux virevoltaient de tous côtés pour toujours, regard d'amour, revenir se poser sur Achiko.

Elles sortirent bras dessus, bras dessous, serrant les dessins contre elles. La porte se referma derrière elles, et un soupir de soulagement parcourut le bar.

Jimson regarda Russell ; le capitaine arborait un visage de marbre. Russell, vois-tu dans mes yeux le pays que je vais parcourir ? Le cavalier et son cheval attendent sur la crête de la colline.

« Capitaine… » murmura une voix.

Une femme se tenait à côté de Russell. Il l'écouta un instant, puis se leva et s'éloigna de la table, le visage tendu. Jimson se tourna vers Leiko qui le regardait avec gravité.

« Je veux rentrer à la maison », dit-il.

Elle lui tendit la main.

La porte de la maison s'ouvrit d'une seule poussée. *L'été du lierre.*

« Je suis contente que nous ayons gardé la maison », dit Leiko.

L'endroit sentait le moisi. Sur le bureau de Jimson, livres, plumes et carnets traînaient dans le même désordre bohème dans lequel il les avait laissés. Tous ces objets semblaient inutiles, comme s'ils appartenaient à quelqu'un d'autre, quelqu'un qui ne s'en serait jamais servi et les aurait oubliés là pour que la poussière les recouvrît lentement.

Nous fîmes lentement l'amour dans une petite chambre. Jimson s'assit sur le lit ; Leiko vint s'asseoir à côté de lui. Bientôt, elle enlevait sa combinaison de vol.

Bruits d'eau, bruits de pas… Russell entra, tenant une bouteille de vin à moitié pleine, trois verres et une petite boîte blanche. Jimson et Leiko se poussèrent pour lui ménager de la place sur le lit.

« Tu as oublié de finir ton vin, dit Russell à Leiko, alors j'ai ramené la bouteille de chez Rinn. J'en boirai deux verres, un pour moi et un autre pour Ysao qui devrait être en ce moment avec nous. Jim, veux-tu porter un toast ? »

Jimson hésita puis leva son verre.

« À la fin de toutes les bonnes choses ! »

Leiko lui lança un long regard. Ils burent avec solennité. Leiko souleva le couvercle de la petite boite blanche que lui tendait Russell.

« Mmm, tout à fait de circonstance. »

Elle sortit une paire de boucles d'oreilles en argent figurant les masques traditionnels de la tragédie et de la comédie : un visage rieur et l'autre en pleurs.

« C'est un messager de De Vala qui me les a données chez Rinn, expliqua Russell. Il a su que nous étions de retour. La femme a été claire : il veut ses masques ; il n'attendra pas.

– Mais je n'ai rien à lui donner ! Je pensais avoir encore une semaine devant moi pour terminer.

– Donne-lui tes esquisses, dit Leiko.

– Je ne peux pas le faire attendre une semaine, dit Russell, nous avons passé un contrat.

– Donne-lui tes esquisses, répéta Leiko, il les prendra.

– Il n'y a vraiment pas grand-chose. »

Russell se leva.

« Peut-être, mais c'est tout ce que nous avons à lui offrir. Leiko a raison, il les prendra. N'oublie pas que c'est avant tout un collectionneur, ce qui implique un petit grain de folie. S'il s'agit de quelque chose d'unique, que personne d'autre ne possède ou ne pourra se procurer, il sera ravi. Fais un brin de toilette, habille-toi et allons-y.

– Pourquoi ? »

Russell sourit.

« Tu ne veux pas venir avec moi ? Tu ne veux pas voir cette maison ? »

Il caressa la joue de Jimson qui se leva.

« Laisse-moi le reste du vin, dit Leiko.

– Tu ne veux pas...

– Venir avec vous ? Non. Pirate, pourrais-tu nous laisser seuls un instant ?

– D'accord. Je t'attends dans le square », lança-t-il à Jimson.

Leiko attendit que les pas eussent décru dans le couloir puis elle attira Jimson à elle dans le lit et l'étreignit violemment.

« Je voulais te dire au revoir. »

Jimson posa la joue contre la masse douce de ses cheveux.

« Ne reviens pas ici, chuchota-t-elle à son oreille. Il n'y a pour nous dans cette maison que le passé.

– Tu es là.

– Je n'y serai plus. Je retourne dans l'hyperespace.

– Vraiment ?

– Non. Mais fais comme si c'était vrai. Comme maintenant, lorsque tu prétends ne pas souffrir.

– Tu le savais ? »

Le souffle de Leiko était chaud contre sa joue.

« Bien sûr que je le savais. Je ne suis pas Russell O'Neill. Voilà pourquoi tu ne dois pas revenir ici. Ce n'est plus de moi dont tu as besoin maintenant, c'est de Russell. »

Elle déposa un baiser sur ses paupières fermées.

« Lui aussi te veut auprès de lui. »

Elle se dégagea de l'étreinte de ses bras, se leva et s'habilla. Il gardait toujours les yeux fermés.

« Et maintenant, fais cela pour nous deux : n'ouvre pas les yeux avant d'avoir compté jusqu'à vingt. Au revoir, mon amour. »

Il compta jusqu'à vingt. La chambre était vide. Son dernier baiser lui avait laissé un goût de vin dans la bouche.

« Au revoir, Lady », dit-il à haute voix.

Russell attendait dehors. Jimson faillit lui demander le chemin qu'avait pris Leiko.

« Où allons-nous ? demanda-t-il en feignant l'enjouement.

– On va prendre les tapis roulants. »

Russell prit le sac des mains de Jimson qui cette fois-ci ne s'insurgea pas. Russell ou Leiko avaient dit un jour que

De Vala habitait dans le centre, aussi se prépara-t-il à un long trajet. Il sursauta lorsque Russell lui saisit le poignet.

« Que…

– On quitte le tapis roulant, je t'emmène faire une course. »

Ils se trouvaient encore dans le quartier hyper. Russell le conduisit à travers un dédale de ruelles jusqu'à un magasin peint de couleurs vives au-dessus duquel une enseigne en forme d'aiguille en argent portant le nom du propriétaire, Tyan, se balançait dans le vent. Russell posa la main sur l'épaule de Jimson et le fit rentrer.

« Ty ! » lança Russell.

Le propriétaire du nom arriva du fond de la boutique. Il portait de longs cheveux noirs jusqu'à la taille et une barbe noire bouclée.

« Salut, Pirate.

– Salut. Je te présente un ami à moi, on vient pour ses oreilles. »

Tyan désigna une chaise dorée.

« Si vous voulez bien vous asseoir. »

Le coussin était si richement brodé, que Jimson eut l'impression de s'asseoir sur un trône.

« Détendez-vous. »

Un petit instrument à la main, il contemplait le visage de Jimson.

« Mmm, vous avez de ravissants lobes d'oreilles. Très érotiques. »

Il jeta un regard à Russell par-dessus la tête de Jimson. Il portait deux trous à chaque oreille où il avait glissé de délicats anneaux d'or.

« Garde tes réflexions pour toi », répliqua sèchement Russell.

Tyan sourit.

« Allez, choisis les boucles d'oreilles. Ah ! acheter ses premières boucles d'oreilles à un ami, quel délicieux moment. Tournez doucement la tête, là… voilà. »

Le ton qu'il affectait ressemblait tellement à celui d'un médecin que Jimson dut se retenir pour ne pas éclater de rire.

Quelque chose de très froid toucha le lobe de son oreille gauche ; il sentit une piqûre.

« Ne vous crispez pas, murmura Tyan. Et maintenant, tournez la tête de l'autre côté.

– Celles-ci, dit Russell.

– Adorables, dit Tyan. Des opales. J'adore les opales. Beaucoup de superstitions courent à propos des opales, vous savez, dit-il à l'adresse de Jimson. Les bleues étaient supposées apporter la sagesse, mais les offrir en présents était considéré comme un mauvais présage, surtout les noires, symboles de mort.

– Ferme-la, Tyan », s'exclama Russell.

Tyan se tut et présenta à Jimson un petit miroir à main merveilleusement ciselé.

Le visage qui le regardait dans l'ovale doré reflétait l'étonnement… qui est-ce ? que fait-il là ? Une peau légèrement mate, des cheveux noirs et frisés, une silhouette élancée mais de larges épaules carrées qui lui donnaient une allure gauche lorsqu'il était fatigué… Des fils d'argent dans ses cheveux. Ses yeux bleu pâle étaient une mutation caractéristique des migrants qu'il avait héritée de sa mère venue de la Vieille Terra jusqu'à Nouvelle Terra sur un vaisseau à fusion. *Des lobes d'oreilles érotiques ? Vraiment ?* Des opales bleu clair étincelaient à ses oreilles. Il leva la main pour les toucher. Tyan lui donna une claque sur les doigts.

« Ne jouez pas avec. Laissez les lobes se cicatriser, ne changez pas de boucles pendant un mois et ne les retirez pas avant de vous mettre au lit, ni pour dormir ni pour faire autre chose. Nettoyez-les avec de l'alcool, les trous, pas les opales, deux fois par jour. Russell vous montrera comment faire. Revenez me voir dans un mois, je vous en vendrai une autre paire.

– Attends ! » lui dit Russell lorsqu'ils furent sortis de la boutique.

Il sortit la petite botte blanche.

« Tyan ne serait sûrement pas d'accord, mais en attendant, il peut s'estimer heureux que je ne lui ai pas collé mon poing sur la figure.

– Il nous regarde par la vitre.

– Je m'en fous. »

Avec précaution, Russell retira une des opales et mit un des masques à la place.

« Les deux ensemble avaient plus belle allure… »

Il accrocha le masque de la comédie à sa propre oreille.

« Mais cela nous permettra d'entrer tous les deux dans la maison. »

La maison se dressait au milieu d'une pelouse privée sur une place. Quelque chose s'éveilla dans l'esprit de Jimson lorsqu'il la vit. Il l'avait déjà vue représentée. Ce devait être la copie d'un musée, d'une maison construite sur Terra par quelque riche amateur d'art. L'homme y avait vécu, et la maison portait son nom… Fruke… Fluke.

Il s'immobilisa soudain en songeant à l'un des tableaux qui ornait cette maison.

La porte était ouverte.

« Tu viens, Jim ? Nous y sommes. »

Ils pénétrèrent dans un vestibule parqueté. Deux femmes armées de pistolets hypnotiques se tenaient devant eux.

– Il ne devait y avoir qu'une seule personne, dit l'une d'elles. Qui êtes-vous ? demanda-t-elle en pointant son arme en direction de Jimson.

« Je m'appelle Jimson Alleca.

– Laissez-les rentrer », dit une voix qui venait du mur.

Les gardes s'effacèrent pour leur laisser le passage. Le murmure d'une fontaine lui rappela celle qu'il avait abandonnée à Nouveau Terrain, la laissant à la jouissance de ses amis. Une musique dont les accords se mêlaient subtilement au bruissement de la fontaine s'éleva alors, une musique qui ne lui rappelait rien de connu et lui semblait très ancienne, aussi ancienne que la maison, peut-être plus.

Un bassin orné de fontaines, de fleurs et de statues occupait le centre de la pièce qui s'ouvrait devant eux. L'eau et la musique ruisselaient ensemble sur la pierre. Sans façon, Russell s'assit sur le rebord du bassin en marbre. Au bout d'un moment, Jimson oublia complètement sa présence.

Un toussotement lui fit lever la tête. Un homme se tenait devant lui ; yeux noirs, cheveux noirs, pommettes saillantes. Il ressemblait un peu à Ast.

« Cette maison…

– Oui, dit Roman De Vala, vous la reconnaissez ?

– Je me souviens avoir lu quelque chose à son sujet.

– Seules quelques pièces sont originales, bien sûr. Des collectionneurs en ont sauvé une partie lors de la destruction de la ville de New York et j'ai acheté ce que j'ai pu. La musique est de Bach ; c'est moi qui l'ai choisie. Cela mêle deux époques différentes, mais j'estime que c'est conforme à l'esprit de cette maison.

– Elle me plaît beaucoup.

– Vous êtes Jimson Alleca, l'artiste ?

– Oui. »

De Vala eut un sourire timide.

« Je suis très honoré de votre visite. Vous plairait-il de visiter la maison ? La plupart des toiles et des objets exposés ici sont des originaux. Je n'ai aucun moyen de savoir dans quelle mesure l'architecture intérieure et la disposition des toiles sont conformes à celles du musée d'origine, mais je me flatte de les avoir reconstituées le plus fidèlement possible. La bibliothèque me sert de bureau et j'y ai placé mes toiles préférées. C'est là que se trouvent les portraits d'Holbein, en ce moment. Les modernes, parmi lesquels certaines de vos œuvres, se trouvent dans une autre pièce. Vous souvenez-vous de ce dessin à la plume, le « *Braillard du bar* » ? Il a une grande valeur sentimentale pour moi.

– Vous étiez chez Rinn, cette nuit-là.

– Je suis flatté que vous vous en souveniez. Et maintenant, si vous voulez bien m'excuser, je vais devoir vous abandonner ; j'ai une affaire à régler avec le capitaine. »

De Vala glissa quelques mots au garde et quitta la galerie.

Jimson se mit à parcourir l'immense pièce. Il aurait voulu marcher vite, mais il ne le pouvait pas. Il déambula depuis les deux petits tableaux de Vermeer à une extrémité de la galerie jusqu'aux quatre gigantesques toiles de Goya dans la galerie latérale, en passant par la bibliothèque, pour revenir enfin à la grande galerie. Chaque fois qu'il passait devant le Cavalier, il ralentissait l'allure. Il finit par s'immobiliser.

Il ne savait pas qu'il était si grand.

Cette lumière que seul Rembrandt avait su capturer illuminait la toile et semblait la traverser. La crinière flottante du cheval, les fourrures du cavalier brillaient doucement. Le mors, les étriers, la garde de l'épée et le fer de la hache luisaient comme frappés par une lumière différente. *La Mort chevauchant sa monture.* Le cavalier ne le regardait pas, mais n'ignorait pas non plus sa présence. *Je ne viens pas pour toi maintenant. Bientôt.*

La voix de De Vala s'éleva derrière lui.

« Qu'il est étrange de songer que Rembrandt a exercé son art sur une planète et sous une lumière qu'aucun d'entre nous n'a jamais vues. »

Arraché à sa contemplation, Jimson se retourna.

« C'est vrai », dit-il en s'efforçant de se montrer poli.

De Vala tenait à la main le carnet de dessins de Jimson.

« Le capitaine O'Neill m'a donné ceci ; il m'a dit que vous les aviez dessinés sur Déméa.

– C'est vrai.

– N'avez-vous rien pu faire pour me rapporter un masque ? Un seul masque ? »

Jimson se demandait ce que Russell avait bien pu lui dire. Il choisit de dire la vérité.

« Déméa était habitée ; nous avons dû passer un arrangement avec ses habitants. Ils m'autorisaient à dessiner les masques, mais nous aurions été obligés de tuer pour en emporter. »

Jimson songea à Rahid.

« Nous avons été contraints de tuer un homme pour pouvoir repartir.

– Oui, c'est ce que m'a dit le capitaine, murmura De Vala. Ce n'était pas ce que je voulais, bien sûr… Ces esquisses sont des originaux, n'est-ce pas, pas des copies ? Non, évidemment il est impossible que ce soient des copies. Je ne sais vraiment pas quoi vous offrir en échange.

– Roman ! »

De Vala sursauta.

« Excusez-moi », dit-il.

Et il se dirigea à petits pas rapides vers le fond de la galerie, tenant toujours fermement le carnet d'esquisses.

Une femme se tenait à l'entrée, regardant la longue galerie. Non. Elle ne regardait pas ; seul son visage était tourné vers eux. Elle portait une longue robe blanche qui faisait ressortir le noir profond de ses cheveux. Ses yeux étaient blancs. Sans pupilles. Jimson la connaissait, il l'avait vue un soir chez Rinn ; elle portait alors un masque japonais bleu sans ouverture pour les yeux.

De Vala se précipita vers elle mais elle l'arrêta d'un bref signe de tête.

« Roman, est-ce lui ? le capitaine ?

– Raob, tu sais que tu ne dois pas t'énerver ; retourne dans tes appartements, maintenant. »

Les paroles lénifiantes de De Vala agacèrent même Jimson. Elle le repoussa d'un geste irrité et se dirigea à grands pas vers eux comme si elle y voyait parfaitement.

« Les avez-vous rapportés ? Avez-vous rapporté mes masques ? Au moins un masque ? »

Elle dardait vers Jimson des yeux vides et impitoyables comme un rayon laser.

« Répondez ! »

De Vala sautillait autour d'elle comme un jeune chiot.

« Raob, ce n'est… »

Jimson chercha dans sa mémoire un titre honorifique dans une langue disparue.

« Je suis désolé, senhora. »

Russell apparut à l'autre bout de la galerie.

« Quel voleur de pacotille ! siffla-t-elle. Que s'est-il passé ?

– Il nous aurait fallu tuer trop de monde. »

Russell s'était appuyé contre le mur.

Elle haussa les épaules.

« Des sauvages ! Tout ce qu'ils possèdent, ils le tiennent de nous. Que valent leurs vies au regard du pouvoir ? »

Une lueur étrangement maléfique passa dans ses yeux aveugles. Jimson battit en retraite tandis qu'une idée lancinante s'imposait à son esprit fatigué…

Son regard se posa sur le cavalier qui le contemplait avec sérénité. *N'ai-je point dit pas encore ?* Jimson entendait presque la voix qui s'élevait du silence de la toile et des couleurs. Rasséréné, il fit face à la colère de Raob.

« Je vous souhaite toute la malchance du monde, espèce de minable petit voleur. Je vous souhaite le malheur, la souffrance…

– Raob ! »

Elle se tourna vers De Vala.

« Tu enverras quelqu'un d'autre.

– Raob, je t'en prie, nous discuterons de cela plus tard.

– Tu enverras quelqu'un d'autre !

– Oui. Et maintenant, retourne dans tes appartements. »

Un sourire de triomphe se dessina sur ses lèvres ; elle avait gagné.

« Dans ce cas, envoie-moi quelqu'un pour m'accompagner. »

De Vala poussa un soupir et fit un signe de la main. Un garde accourut ; Raob s'éloigna, appuyée sur son bras. Dans leurs cadres dorés, les duchesses défuntes semblaient l'encourager d'un sourire.

« Je vous prie d'excuser ma sœur. »

De Vala ne cherchait nullement à dissimuler son soulagement.

« Elle a un caractère difficile. Comme vous avez pu le constater, ces masques l'obsèdent. Elle pense qu'à côté de leur valeur artistique et de leur intérêt historique, ils possèdent certains pouvoirs spéciaux. À mon avis, elle croit qu'ils lui rendront la vue. Je… je voudrais en posséder un, pouvoir en contempler ne serait-ce qu'un.

– Enverrez-vous quelqu'un d'autre ? » demanda Jimson.

Il était grossier de poser des questions aussi abruptement, mais De Vala n'était pas un Hyper.

« Je pense que oui. Il n'est pas facile de résister à Raob. De plus, je tiens à posséder un masque. Ils m'appartiennent, j'ai un droit sur eux. Je les ai vus faire, vous savez. Il est dommage de les abandonner sur une obscure planète où personne ne les apprécie à leur juste valeur. »

Il s'interrompit un instant.

« Eh bien, comme je vous le disais, j'aimerais beaucoup vous acheter ces esquisses. »

Comme un serpent, la douleur vint mordre la jambe de Jimson.

Il serra les dents en attendant que s'apaisât la tourmente, puis il répondit à De Vala.

« J'accepte bien volontiers de vous les vendre ; je vous laisse seul juge de leur valeur, vous en verserez le prix au capitaine O'Neill. Par ailleurs, vous en ferez ce que bon vous semblera, les garder par devers vous, les montrer au public… »

Par-dessus l'épaule de De Vala, il jeta un regard au *Cavalier polonais.*

« Je vous remercie encore de m'avoir fait visiter votre demeure.

– Par ici, dit le garde en leur faisant signe de le précéder vers la porte d'entrée.

– Les boucles d'oreilles, je vous prie. » Russell écarta d'un geste la main de Jimson qui se portait à son oreille.

– Laisse, je vais le faire.

– Je peux le faire », répliqua Jimson.

Il baissa néanmoins la main.

« Je me fous de cet argent, lui dit Russell à l'oreille.

– Je te le dois ; disons que c'est le prix de mon passage. »

Le garde maintenait la porte ouverte d'une manière qui ne prêtait guère à confusion. Ils sortirent ; la porte se referma derrière eux.

« Il n'est pas question que tu me payes le passage ! Je t'ai emmené à Déméa parce que tu me l'as demandé. C'est la seule récompense dont j'ai besoin.

– Je… je ne pensais pas à Déméa, mais au prochain voyage.

– Qu'est-ce que tu racontes ?

– Je veux retourner au centre psy. »

Fulgurante, la douleur s'empara de lui, l'empêchant de parler, lui coupant le souffle. Sa jambe se déroba sous lui ; Russell le retint.

« Je t'amène dans une clinique.

– Non ! tu ne m'amèneras pas à une clinique pour pouvoir m'y abandonner ensuite. Nous avons conclu un marché dont… dont tu ne connais même pas les termes.

– Je ne t'amenais pas à une clinique pour t'y abandonner, répliqua Russell, indigné.

– Je veux aller au centre psy.

– Tu as besoin de soins médicaux.

– Il y a une clinique au centre psy.

– Le voyage dure cinq jours, Jimson. »

Jimson poussa un petit cri étouffé et attendit que la douleur se calmât.

« Je ne mourrai pas dans tes bras, Russell. Tu ne me crois pas capable de tenir cinq jours ? Tu verras. Emmène-moi là-bas. »

CHAPITRE XVII

Russell l'emmena là-bas.

Il n'avait pas voulu avaler de médicaments contre la douleur qui lui embrumaient l'esprit, mais les derniers jours, il y fut contraint. Il avait l'impression de flotter.

Ils atterrirent. L'air chaud et parfumé lui rappela Las Flores. *On tourne en rond, mon vieux, en rond, et ça ne s'arrête jamais.* Le terrain d'atterrissage était bordé de pelouses et de grands arbres. Ils mirent un certain temps avant d'apercevoir la femme qui les attendait.

« Goryn ? »

La voix mentale était inimitable.

Qu'attendiez-vous ? Un dragon ? Un ange brandissant une épée de feu ?

« Au moins un sphinx », répondit Jimson.

Vous êtes un vrai romantique. Mais vous êtes venu.

Le centre psy avait l'air d'une image de téléidoscope : complexe, symétrique et trompeuse.

« Vous comprenez, disait Goryn en marchant à leur côté, il ne s'agit ici que d'une partie du centre psy, l'école des équipes-X. »

La planète, expliqua-t-elle, était petite, sa gravité agréable, un petit peu moins forte que celle de Terra. Le soleil, rouge, était une étoile de type K. Il y avait ici quelques laboratoires et dômes d'observations. Il y avait également des dortoirs.

Jimson se demandait si les laboratoires ressemblaient aux cliniques de Nouveau Terrain avec leurs murs nus, couleur pastel.

« Voulez-vous vous rendre tout d'abord à la clinique ?

– Oui, répondit Russell.

– Non, dit Jimson. Pas encore ; j'aimerais d'abord visiter l'école.

– Certainement. »

Ils traversèrent une pièce encombrée de nattes en désordre, de cordes, d'anneaux, de poutres et de barres parallèles. Trois personnes étaient en train de s'exercer.

« Voici Tom. »

Un garçon aux longs cheveux noirs et lisses, à la peau olivâtre inclina timidement la tête.

« Felicia. »

Felicia était une fille au teint pâle, aux cheveux coupés court. Sous sa fine chemise, ses muscles s'étiraient comme du fil d'acier.

« Théo. »

Perché sur son cheval d'arçon, un garçon à la peau très blanche, aux cheveux blonds et ébouriffés leur sourit.

« Ils sont tous étudiants ici.

– Des télépathes ?

Bien sûr.

– Tout le monde ici est-il télépathe ? demanda Russell.

– Presque tout le monde, oui.

– Comment faites-vous pour éviter que chacun ne surprenne les pensées de l'autre ?

– Nous ne nous en préoccupons pas, mais ne craignez rien, personne n'écoutera vos pensées. À part moi. Vous êtes nos hôtes. Lorsque nous désirons avoir une conversation privée, nous émettons un puissant signal mental : PRIVÉ. Ainsi, tout le monde se tient à l'écart.

– Que se passe-t-il s'ils ne le font pas ?

– Ils le font.

– Ast se trouve-t-elle encore ici ? demanda Jimson.

– Non, nous ne l'avons pas gardée ici, nous l'avons dirigée sur un autre centre d'entraînement, pas très loin d'ici.

– Que fait-elle ?

– Elle apprend à comprendre et à contrôler son pouvoir. Lorsqu'elle aura fini, nous lui confierons des tâches où elle pourra exercer ses talents.

– Vous ne laissez pas gaspiller les talents, remarqua Jimson.

– Non. Avez-vous remarqué combien ils sont rares dans l'univers ?

– Quel genre de tâche confierez-vous à Ast ?

– Je crois que nous l'enverrons sur Déméa. La situation n'y est guère brillante. Je crois que la politique du laissez-faire n'a que trop duré. Ast saura mieux que nous toucher son peuple, lui expliquer qu'il n'est pas, qu'il n'a jamais été seul. Nous devons faire quelque chose, nous ne pouvons pas laisser Raob De Vala s'emparer ne serait-ce que d'un seul de ces masques.

– Vous vivez dans un monde bien ordonné, dit Jimson.

Nous nous y sommes em-ployés.

– Ysao est-il là ? demanda Russell.

– Oui. Il travaille comme instructeur, ici, vous deviez le savoir. Oh ! j'oubliais que les Hypers ne posent pas de questions personnelles. Désirez-vous le voir ?

– Non, pas particulièrement. »

À l'horizon, des tours et des flèches étincelantes jaillissaient contre le ciel bleu lavande.

« Que fait le reste de la planète ? » demanda Jimson.

Goryn haussa les épaules.

« Ils vivent. »

Étrange Goryn, petite, vive, avec sa peau brune qui contrastait tellement avec ses cheveux et ses yeux gris. Le même contraste existait entre sa voix parlée et sa voix mentale ; autant celle-ci était douce et apaisée autant celle-là était âpre et cassante.

« Et maintenant, allons à la clinique. »

Elle se tourna vers Russell.

« Vous, capitaine, vous attendrez en bas. »

Russell se raidit.

« Oh ! je sais, vous n'aimez pas qu'on vous dise ce que vous avez à faire, mais si vous comptez rester parmi nous il vous faudra vous y habituer. Autrement, nous ne vous retenons pas. »

Russell fixait le mur sans répondre ; ses poings se serrèrent. Il releva enfin la tête ; son visage était calme.

« Je ne pars pas. »

On installa Jimson sur une table. Russell lui caressa la joue.

« À tout à l'heure. »

« D'abord les rayons X », lança gaiement Goryn.

Dans la salle des rayons X, Jimson fit promettre aux techniciens de ne pas lui retirer ses boucles d'oreille.

« J'ai mal à la jambe, expliqua-t-il, pas à la tête. »

Il commençait à redescendre des hauteurs embrumées où l'avaient transporté les calmants. Effaré, il se contempla dans le miroir : outre le manque d'exercice, le fait de n'avoir presque rien mangé au cours du voyage lui avait fait perdre un tel poids que les muscles de ses bras et de ses jambes pendaient comme du caoutchouc distendu.

Nior, un petit homme grassouillet aux mains douces et expertes, fit les premières prises de sang. Jimson jeta un œil inquiet vers la rangée de seringues.

« Ne vous en faites pas, dit Nior, je trouve toujours la veine du premier coup. »

Un autre télépathe, Mahil, procédait aux recherches. Ysao pénétra dans la pièce au beau milieu de la seconde batterie de tests ; Jimson était étendu, nu, sur une table.

« Ça va, ils te traitent correctement ? lança Ysao.

– On ne peut pas dire que je sois au mieux de ma forme. J'ai horreur de tout ça, j'ai froid et j'ai envie de pisser. »

Ysao lui apporta le bassin.

« Ysao, tu es dans mes pieds », s'exclama Mahil.

Ysao s'assit sur une table voisine tandis qu'on tournait et retournait Jimson dans tous les sens.

« Raconte-moi l'entraînement d'un télépathe, dit Jimson.

– Eh bien, ça ressemble un peu à la manière dont tu enseignes le dessin, répondit obligeamment Ysao.

– J'en sais encore moins sur ce sujet que toi ; moi, je peins et je dessine.

– À la manière dont on enseigne le dessin, si tu préfères. On apprend à identifier des archétypes mentaux. L'être humain en possède environ vingt-sept fondamentaux. Ces archétypes mentaux sont masqués par le développement de la personnalité, l'expérience, et l'âge. La personne la plus accessible à la télépathie est le nourrisson, mais que peut-on faire avec un nourrisson ? »

Jimson approuva d'un signe de tête ; il se sentait plus intéressé qu'il ne le laissait paraître.

« Les télépathes apprennent à pénétrer les archétypes mentaux. Les télépathes apprennent non seulement les archétypes humains, mais également les archétypes verdiens et même aberrants, car ils doivent être prêts à entrer en contact avec toutes sortes d'archétypes mentaux. L'entraînement est dur. Le premier télépathe à avoir rencontré un Verdien a connu un choc profond.

– Combien d'archétypes mentaux possèdent les Verdiens ?

– Environ douze.

– Avons-nous rencontré d'autres races, en dehors des Verdiens ?

– Une seule, mais ce sont les Verdiens qui les ont rencontrés d'abord. Tous les mondes avec lesquels nous sommes entrés en contact étaient soit des colonies humaines soit des colonies verdiennes. Mais les membres des équipes-X doivent être télépathes, car si nous ne les avons pas encore rencontrés…

– Ça ne veut pas dire qu'ils n'existent pas, compléta Mahil. Tu sais, Ysao, j'aimerais bien ne pas être obligé de te tourner autour pour pouvoir travailler. Tu es vraiment trop grand, et si tu restes là je ne suis pas sûr d'avoir fini avant l'heure du dîner.

– C'est bon, je m'en vais. À tout à l'heure, Jim.

– Salut ! »

Jimson se mit à contempler le plafond. Il n'y avait rien à y voir, pas même une craquelure intéressante. Il était blanc et neutre comme une toile vierge.

Un poème prit forme dans son esprit.

La Mort chevauche lentement à travers la campagne,
Sans héraut.
Suspendue entre le couchant
Et la sombre terre labourée
Sa faux brille dans la main impitoyable.
Un homme jeune en son bref voyage…
La mort chevauche lentement à travers la campagne…
Illustre
Implacable.

Les mots de la fin lui étaient venus les premiers à l'esprit ; cela lui parut parfaitement de circonstance.

Mahil avait à peine terminé que déjà la douleur revenait avec force. Jimson serra les dents et lutta de toutes ses forces pour ne pas hurler. Mahil murmura quelque chose et lui enfonça une aiguille dans le bras. Il sombra dans le sommeil. Il se réveilla dans un lit ; la nuit était déjà tombée et Russell, assis dans un fauteuil, le regardait. Il semblait fatigué.

« Ils ont dit que les résultats des examens seraient prêts pour ton réveil. Ils te feront également une proposition et t'apporteront de la nourriture si tu le désires.

– Je n'ai pas faim. »

Bientôt, Ysao fit son apparition.

« Comment te sens-tu ? demanda-t-il.

– D'humeur morose. »

Ysao sourit.

« Un artiste morose, vaguement ennuyé, figé de trente ans et de petite taille ; faites vos enchères.

– Je ne suis pas si petit que ça, espèce de grand dadais !

– Un artiste polémiste, âgé de trente ans…

– J'aurai trente et un ans dans un mois.

– Taille moyenne, proposa Ysao. Qui est preneur ?

– Je suis une bien piètre marchandise. »

Goryn pénétra dans la pièce.

« J'emporte ! lança-t-elle. Inutile de l'envelopper, il n'en a plus pour très longtemps. »

Ysao dut maintenir fermement Russell qui se ruait déjà hors de son fauteuil.

« Russell ! Ne sois pas fou, tu ne peux pas t'attaquer à une télépathe. Et toi, Goryn, tu ne pourrais pas faire montre d'un minimum de tact ? »

Goryn s'assit sur le bord du lit.

– Le tact, c'est bon pour les couards. Je n'apprends certainement rien à Jimson Alleca qu'il ne sache déjà. Vous savez, n'est-ce pas, mon ami, que vous êtes condamné ? C'est d'ailleurs pour cela que vous êtes venu me voir.

Elle se tourna vers Russell.

« Russell O'Neill, vous fuyez cette mort depuis plus de quatorze ans ; la fuirez-vous jusqu'au bout ? La porte est ouverte, votre vaisseau vous attend. Mais peut-être préférez-vous la regarder en face, maintenant ? Laisse-le aller, Ysao. »

Ysao retira ses larges mains de sur les épaules de Russell. Livide, Russell s'appuya le front contre le mur.

« Maintenant que vous en parlez, je crois que je préférerais mourir ailleurs, dit Jimson.

– Dans ce cas allez-y, et vite, répliqua Goryn. Pensez-vous que nous invitions les gens pour le seul plaisir de les voir abandonner leur cadavre sur nos belles pelouses ?

– Les analyses…

– Montrent que vous avez deux nouvelles tumeurs. Comme on pouvait s'y attendre, votre cancer a muté puis a formé des métastases. Vous avez deux nouvelles tumeurs dans le tibia et le fémur gauche qu'il est impossible d'enrayer. »

Sa voix cassante s'adoucit.

« On peut néanmoins calmer la douleur à l'aide d'analgésiques. »

Jimson se sentait la gorge sèche. La peur ?

« Combien de temps me reste-t-il ? »

Pour quelque raison inconnue, Ysao choisit de répondre à la place de Goryn.

« Un mois, peut-être deux. »

Goryn approuva d'un signe de tête. Jimson comprit : c'était une sentence de mort. Cette petite femme au teint mat était son bourreau.

« Merci », dit-il.

Russell alla se planter devant l'unique fenêtre de la pièce.

« Puisque je viens mourir sur vos pelouses, dit Jimson qu'attendez-vous de moi en échange ?

– Nous voulons votre esprit.

– Je me doutais bien que mon corps ne vous intéressait pas. »

Goryn prit la chose tout à fait sérieusement.

« Non, en effet. Le corps meurt, la personnalité meurt, mais le talent, la vision, voilà ce que nous prendrons. Ils seront incarnés, immortels.

– Allez-vous faire de moi un dieu ?

– En quelque sorte. Dois-je continuer ou bien en avez-vous assez entendu ?

– Continuez.

– Vous avez un don, l'œil d'un artiste, la capacité de saisir des formes. Toute votre vie s'est passée à l'exprimer au travers de votre art. Mais l'expression n'est évidemment pas l'œil. Il me faudrait devenir vous pour comprendre ce que vous voyez dans sa totalité. L'enseignement des techniques artistiques ne saura jamais transmettre cela. Et, sans me détruire, je ne possède aucun moyen d'effacer suffisamment ma propre personnalité pour devenir vous. Nous avons tenté de transposer ce type d'empreinte sur des cerveaux qui avaient subi des lésions. Nous savons exécuter de telles opérations. Mais le transfert échoue presque toujours ou demeure incomplet lorsque la personnalité du donneur est trop forte. Elle s'interrompit un instant.

– Je vous suis, dit Jimson.

– Vous connaissez les télépathes, vous savez ce dont ils sont capables. Vous savez qu'un membre au moins d'une équipe d'exploration doit être télépathe. Voguer de planète en planète est un travail pénible ; ingrat même, si vous ne l'aimez pas vraiment. C'est également un travail dangereux, pas seulement pour le télépathe lui-même, mais aussi pour nous tous, en cas d'erreur. Vous avez étudié l'histoire. Vous souvenez-vous des guerres sur la terre ? Toute l'histoire des premiers temps est remplie de récits de guerres, pour la seule raison qu'en se rencontrant, des cultures étrangères les unes aux autres ne pouvaient se comprendre, ne pouvaient découvrir ce qui au-delà de leurs différences les rapprochait. Les Verdiens aussi ont connu la guerre. Sur certaines planètes des Mondes Vivants il se produit encore des violences qui pourraient porter le nom de guerres. Nos horizons se sont élargis, pourriez-vous imaginer une guerre des mondes, de nos jours ?

– J'avoue que je ne vois pas pour quelle raison les gens se battraient, dit Jimson.

– Les gens se battent par peur, peur de la domination, peur de la différence. Laissez-moi vous raconter une histoire à ce propos. Un jour, une télépathe d'une équipe-X a rencontré un esprit qu'elle ne pouvait comprendre. Elle ne pouvait en saisir les archétypes. Lorsque les autres membres de l'équipe l'ont retrouvée, elle était tombée en catatonie. Elle est demeurée ainsi jusqu'à sa mort, quelques cinquante années plus tard.

– L'histoire est-elle vraie ? demanda Russell.

– Bien sûr.

– Où sont ces… êtres ?

– Ils existent toujours, quelque part dans l'espace, mais ils ne constituent pas une menace. Ils ne cherchent pas à entrer en contact avec les humains ou les Verdiens. Ils vivent seuls, séparés même les uns des autres. Depuis le temps, nous n'en avons rencontré que quatre autres. Considérez le caractère exemplaire de mon histoire. Cette télépathe qui les a rencontrés pour la première fois aurait pu éviter de sombrer dans la folie si, comme un peintre, un musicien ou un mathématicien elle avait pu percevoir des formes, les distinguer du chaos. Ce don que vous possédez aurait pu lui permettre de combler le vide face auquel elle s'est retrouvée, ce à quoi ne la préparait pas l'enseignement qu'elle avait reçu.

– Aurait pu lui permettre, souligna Ysao.

– Oui, aurait pu, concéda Goryn. Mais nous estimons que cette expérience vaut, d'être tentée.

– Pourquoi n'êtes-vous pas allé chercher un mathématicien sur le point de mourir ? demanda Russell. Il doit bien s'en trouver un dans les Mondes Vivants ?

– Parce que nous avons un artiste, répondit Goryn. Je croyais que les Hypers croyaient à la chance.

– Est-ce la chance qui a organisé tout cela, ou bien vous, Ysao et tous les autres ?

– Dis-leur ce qui doit se passer, Goryn, dit Ysao.

– Nous prendrons votre esprit, et le briserons en morceaux jusqu'à ce que la personnalité s'en soit allée. Cette opération ne sera pas douloureuse ; nous utiliserons des drogues.

Comment le savez-vous ? songea Jimson.

– Ensuite, nous imprimerons votre structure mentale, cette structure d'artiste qui vous permet de discerner les archétypes, cette structure de visionnaire, dans les esprits des télépathes de nos équipes-X. Ce sera comme si nous passions mille fois la même bande magnétique jusqu'à ce que tout se mêle, comme si nous planions un hologramme de plus en plus fin jusqu'à ne plus pouvoir distinguer l'image. Vous aurez disparu, Jimson Alleca, imprimé comme une bande magnétique dans d'autres esprits. Mais votre vision, votre talent, extraits de l'âme et du corps, saisis comme dans de la glace, seront immortels.

– Et le corps meurt, dit Russell.

– Oh, nous pouvons le garder en vie, mais quelle importance ?

– Ça a une certaine importance », répondit Russell d'un ton égal.

Il s'approcha de Jimson et promena une main tremblante sur son visage.

« J'aime ta personnalité, j'aime ton corps. Je ne veux pas t'abandonner à ce… ce vampire.

– Dis-leur comment ça se passe, Goryn », dit Ysao.

Russell se tourna vers lui.

« Et si tu le racontais toi-même ?

– Cette opération exige une grande précision, aussi utilisons-nous un appareillage important et des drogues pour effacer la personnalité et minimiser les interférences émotionnelles. On maintient l'intensité de la communication grâce au résonateur de cristal.

– Nous avons prélevé un morceau du masque que vous nous avez ramené », expliqua Goryn.

Russell eut un petit rire qui aurait pu être un sanglot.

« Quels vampires efficaces vous faites !

– Pas un dieu, dit Jimson, une structure.

– Le masque qui était destiné à Roman De Vala ! »

Russell se tourna vers Ysao.

« Ça, c'était ton idée ?

– Pas vraiment, mais… »

Il regarda Jimson.

« Te souviens-tu, lorsque sur le chemin de Déméa tu as suggéré l'idée que les artistes apprenaient à ériger un barrage mental sans entraînement ? J'ai songé aux autres talents que possédaient les artistes. Quand nous avons débarqué au centre psy la première fois, avant qu'Ast et moi ne quittions le vaisseau, je l'ai signalé à Goryn.

– Rends-toi justice, s'exclama Goryn. Tu ne me l'as pas signalé ; je l'ai saisi dans ton esprit. Après tout, je suis télépathe.

– J'aurais pu t'en empêcher.

– Comment aurais-tu pu connaître l'utilisation que je comptais en faire ? Vous voyez, Ysao a des scrupules. Il ne pouvait vous le demander. Alors, c'est moi qui l'ai fait. »

De sa voix mentale, magnifique et melliflue, Goryn ajouta : Cela aurait été contre ses prin-cipes. Ysao ne se sert pas de ses amis.

Russell tremblait. Il regarda Jimson.

« Tu vas les laisser faire, je le vois. »

Jimson opina. Il songeait au poème qu'il avait écrit après avoir vu une série de tableaux d'un peintre terrien nommé Vincent Van Gogh.

Assurément, il est mort fou.
Qui d'autre qu'un fou eût pu voir sous un ciel de nuages
Ce flamboyant frisson, ce cœur de cuivre palpitant ?
Personne assurément ne sut voir dans les arbres
Ces géants galopant en une folle ivresse aux couleurs
De dément.
Comme l'océan, la terre moutonnait sous ses pas.
Regarde ! tout est calme ici.
Les fermes sont semblables à celles de partout,
Les blés ne dansent pas au sabbat du vent.
Alors, va-t'en à Arles, et regarde
Combien le soleil a rougi la terre brune,
Bleui les arbres verts.

Regarde les frissons du soleil.
Nos yeux ne nous appartiennent pas.
Depuis lors, tout a changé.

Toute ma vie, j'ai désiré cela, songea Jimson ; que mon art me survive. Personne ne peut tenir le pinceau à ma place, mais si j'accepte, une génération de télépathes verra la lumière à travers mes yeux.

Goryn était aux anges. Ysao, il comprend ! c'est merveilleux.

« Quand voulez-vous commencer ? demanda Jimson.

– Demain. »

Des larmes coulaient sur les joues de Russell, suivant le sillon que l'angoisse y avait tracé. Il s'assit au bord du lit, la tête entre les mains, et se mit à pleurer silencieusement, le corps secoué de sanglots.

« Combien de temps cela prendra-t-il ? demanda Jimson.

– Jusqu'à ce qu'il ne reste plus rien, » répondit tranquillement Goryn.

Je le ferai, songea Jimson. Il paraissait presque content. Il passa la main sur les cheveux de Russell. Ysao répondit à sa place.

« Goryn, il est à toi maintenant. »

CHAPITRE XVIII

Salut, je m'appelle Daffyd.
– Salut, je m'appelle Tom.
– Salut, je m'appelle Leonice.
– Salut, je m'appelle Théo. »

Jimson entendit un bruissement derrière lui. Mahil s'affairait à la perfusion. Depuis quelque temps il lui était devenu plus facile d'écouter que de regarder. Il ferma les yeux. Il avait mal. Il était un bonhomme en fil de fer, un dessin d'enfant, deux dimensions sur une feuille de papier. Il agita faiblement la main en signe de bienvenue et dit ce qu'il disait toujours :

« Salut ! je me rappelle plus facilement les visages que les noms. »

Il coassait. Ce visage… il avait déjà vu ce visage. Des traits fins, un corps musclé, des cheveux blond-roux ébouriffés comme un buisson ardent. Une chemise orange… « Théo », répéta-t-il. Une chaîne de noms le liait à sa mort. Il s'efforça de se les rappeler… Daffyd, Tom, Leonice, et d'autres avant eux dont il ne se souvenait pas. Se souvenir… un effort difficile alors que petit à petit on lui enlevait le cerveau.

L'espace d'un instant il eût voulu que Russell soit là pour lui tenir la main, pour le rattacher au monde. Mais après les premiers jours, Goryn avait interdit à Russell l'entrée de la chambre.

« Vous lui rendez cette épreuve plus pénible, avait-elle dit. Vous le faites souffrir en le rappelant au passé. »

Désespéré, Russell s'était tourné vers Jimson.

« Jim ?

– Elle a raison », avait dû avouer Jimson.

Le visage de Russell s'était fermé ; Jimson avait eu peur que son ami s'évanouisse. Mais Russell avait tenu bon. Il avait promené un instant ses doigts sur les lèvres sèches de Jimson, puis s'était détourné.

« Prévenez-moi quand ce sera le moment », avait-il dit à Goryn.

Mahil tenait son laïus habituel :

« Les drogues effacent la personnalité. Ne tenez pas compte des pensées et des émotions qui persistent malgré tout et qui dissimulent la structure que vous voulez saisir. Il est normal qu'elles se trouvent là, mais elles ne sont pas la structure elle-même. Concentrez-vous sur la vision, sur la structure imaginante, saisissez-la dans cet esprit comme vous avez appris à saisir la structure langagière dans les autres esprits. »

Le visage du jeune télépathe penché au-dessus de lui était tendu. Ça commence maintenant, songea Jimson. Les drogues s'infiltrèrent en lui. Malgré lui, comme un réflexe, ses doigts se crispèrent sur le drap.

Avec une grande gentillesse, Théo lui prit la main.

Merci, songea Jimson. Ses muscles se relâchèrent ; la drogue l'enfonçait dans la léthargie. Il se dissolvait. Ses paupières étaient lourdes ; il ferma les yeux. Il lui sembla alors qu'il se trouvait en dehors de lui-même, penché sur cet étranger malade dont les yeux sombraient comme deux pierres au fond de ce visage au teint cireux. Il revenait dans son esprit, écartait regret, espoir, amour, cherchait la structure, le cœur… les électrodes sur ses tempes, le choc de l'invasion soudaine ; oh ! non, ça vient encore. Encore.

S'il te plaît, ne me résiste pas, dit la jeune voix cristalline dans son esprit.

ARRÊTE ! VA-T'EN !

S'il te plaît.

L'interface entre eux était très mince.

Soudain, il eut mal. Il n'avait jamais eu mal ainsi auparavant et il cria : ARRÊTE. VA-TEN. J'AI MAL.

Quelque part, Mahil appelait : Théo, Théo !

Trop tard ! il savait qu'il était trop tard. Il ouvrit les yeux dans l'obscurité, et son regard rencontra l'ombre du cavalier, sur la route, immense, implacable. Les yeux sombres brillaient. TROP TARD. Dans sa poitrine, Jimson sentit son cœur se tordre, se broyer ; il lutta contre la douleur. Au milieu de sa souffrance, il entendit l'appel du cavalier. *Il est temps.*

Alors, il cessa de lutter. Il chercha la route, oubliant la jeune vie toujours liée à la sienne.

Il ne la trouva pas. Son regard s'arrêta alors sur ce qui semblait être une pelouse ; fraîche, verte, apaisante. Il ne l'avait jamais vue auparavant sur le tableau. Son corps, couché sur le lit, ne lui aurait pas obéi, il le laissa donc derrière lui.

« Théo ! »

Mahil releva avec peine le jeune télépathe.

« Tu vas bien ? »

Théo ouvrit les yeux.

Mahil jeta un regard mauvais (et parfaitement grotesque) sur tout son appareillage.

« Je suis désolé. La machine ne m'a pas prévenu, sans ça je t'aurais dit de te retirer. J'espère que ça n'a pas été trop dur pour toi. C'est fini, maintenant. Théo ?

– Russell, chuchota Théo.

– Oh ! bien sûr, suis-je bête ! Reste là. De toute façon, tu n'as pas l'air de pouvoir bouger. Je vais le chercher. »

Russell découvrit un corps chaud, toujours bardé de tubes et de bouteilles de perfusion. Mahil n'avait pas eu l'idée, ni Théo la force, de retirer les électrodes.

Russell ne prononça pas une parole. Il ne pleura ni devant le corps, ni lorsqu'il se retrouva tout seul dans la chambre qu'on lui avait allouée. Mais, à l'exception de Théo Moukis, tous les télépathes des équipes-X se retrouvèrent affligés d'un virulent mal de tête.

Devant le miroir, Théo Moukis se parlait à lui-même. Regarde le miroir. Tu as vu ? Aucun fantôme ne te regarde, il n'y a que toi.

Le teint clair, les cheveux blonds, une cicatrice sur une épaule, souvenir d'une chute étant enfant… TRÈS DISTINGUÉ, THÉO, dit la voix. Cette voix était calme, posée, agréable, très différente de la sienne. QUEL EFFET ÇA TE FAIT ?

Comme mû par un réflexe, Théo répondit. J'ai l'impression d'avoir une autre mémoire dans la tête, l'impression de partager l'espace dévolu à mon esprit avec un autre esprit.

C'EST LA CHANCE.

Théo se frotta les tempes et se détourna du miroir.

MAINTENANT, VISITE-TOI COMME UNE MAISON HANTÉE.

– Facile à dire ! s'exclama Théo à haute voix.

Mais bien sûr, personne ne lui répondit. Dans la chambre, il n'y avait personne d'autre que lui. Il se passa la main dans les cheveux. Bon sang, qu'est-ce que je vais faire, maintenant ?

LA BIBLIOTHÈQUE... ?

Il n'y avait presque personne dans la grande salle. Les étudiants étaient partis ramasser du bois pour le bûcher funéraire. Théo avait été dispensé.

« De nouveaux étudiants ou des examinateurs peu expérimentés se heurtent parfois à des cas bénins de surimpression de personnalité », lui répondit l'ordinateur.

Les mots s'inscrivaient sur l'écran.

« Ces effets, quoique effrayants, sont passagers, et la personnalité de l'étudiant parvient, en général au bout de deux semaines, à surmonter et à éliminer la personnalité surimprimée. »

Théo vérifia la bibliographie et les références à la fin du chapitre.

« Voir : Smyth, Smith et McGonegal, in *Les métamorphoses du semblable.* »

De toute évidence, personne n'avait fait l'expérience d'une surimpression de personnalité au moment de la mort du donneur.

TU FERAIS UN BEL OBJET D'ÉTUDE.

Merci, mais je n'en ai aucune envie.

L'impression était étrange de devoir répondre à la structure Jimson Alleca comme s'il s'agissait vraiment d'une autre personne partageant son cerveau avec lui. Les effets sont temporaires, se répétait-il, tu subis la surimpression des émotions, des expériences et de la mémoire de quelqu'un d'autre, mais ce n'est pas une conscience. Cela demande un certain temps pour être subsumé, dominé.

TON ASSURANCE EST CONSTERNANTE.

Pendant un instant, Théo se demanda s'il n'allait pas tout raconter à Goryn. Il hésitait. Elle lui ferait passer tout un tas d'examens, elle fouillerait dans son cerveau. ASSEZ ! Un visage céleste aux traits de Goryn flottait comme un rêve dans l'esprit de Théo ; difficile de repousser un tel songe. Finalement, il n'était pas si désagréable d'être une divinité secondaire.

TU M'EN VOIS RAVI. AS-TU ENCORE QUELQUE CHOSE À FAIRE ICI ? JE VOUDRAIS ASSISTER À MES FUNÉRAILLES.

Il faisait froid. Douze étudiants, quatre professeurs et Russell se tenaient devant le bûcher funéraire. Une forte odeur de cèdre masquait l'autre odeur, celle du corps en train de se consumer. Des gerbes d'étincelles s'échappaient des os calcinés.

L'échafaudage de bois s'effondra. Russell s'agenouilla, et recueillit un peu de cendre sur le bord du foyer, là où elle était déjà refroidie et s'éloigna.

Russ…

Théo fit un pas en avant, mais s'immobilisa. Il ne voulait pas attirer l'attention sur lui ; PRIVÉ, proclama-t-il. Il revint en lui-même : *ça va ?* Il se trouva face à un mur mental qu'il ne parvenait pas à franchir ; une partie de lui-même lui demeurait interdite. Mais cette muraille n'était pas complètement aveugle, du fond de lui, comme dans un rêve, lui parvenait une plainte sourde. Il essaya une fois encore d'atteindre cette région intérieure.

ARRÊTE. VA-T'EN.

Le fait d'être présent à ses propres funérailles avait un indéniable côté surréaliste qui n'aurait pas manqué d'amuser Théo s'il n'avait senti également cette douleur, cette peine qui l'habitaient sans qu'il pût s'en défendre. Il se sentait comme une pierre tourbillonnant au bout d'une fronde, tourbillonnant sans cesse, jusqu'au vertige, jusqu'à ce que la fronde le libère…

« »Théo, ça va ?

Il ne s'était pas rendu compte de la présence de Mahil à ses côtés.

« Je t'avais dit de te reposer. Tu ne devrais pas être là.

– J'ai senti que je devais venir. »

Il cherchait le mot juste. Un bref instant, il songea à demander l'aide de Mahil, mais il se ravisa aussitôt. Il se sentait tout à fait capable de maîtriser la situation sans l'aide de ses professeurs.

« Je n'arrive pas à retrouver mon équilibre.

– Ce sont peut-être les drogues.

– Peut-être, mais à part ça, ça va.

– Tu es sûr ?

– Oui, oui. »

Merci. Les mots fusèrent sans que sa conscience soit intervenue.

Écoute… écoute, ça n'est plus possible ; tu ne peux pas vivre ainsi dans mon cerveau.

Il attendit la réponse. L'entité s'était repliée dans une région de son cerveau qu'il ne connaissait pas. Lui, en revanche, la connaissait. Cette idée le mit mal à l'aise.

Théo, laisse-moi rester. Je ne te ferai pas de mal.

Ai-je le choix ?

Et moi, crois-tu que j'avais le choix ?

Mais c'est ma tête !

Il – cela – Jimson – ne répondit pas.

Deux semaines passèrent. Théo se détendit. Dans sa tête, l'entité (si elle était encore là et en admettant que ce fût bien une entité) ne se manifesta pas. Il se rendit à trois soirées qu'il termina dans trois lits différents. Pendant ces quinze jours, l'entraînement porta sur les vaisseaux spatiaux : structure de l'hyperespace, terminologie et fonctionnement des ordinateurs, codes de navigation. Ils apprirent à piloter les bulles. Dans cette section du centre psy, les étudiants pouvaient s'entraîner sur un vaisseau spatial au sol muni de tout son appareillage. Le vaisseau se nommait le « Chaînon Manquant », mais en vérité, la seule chose qui lui manquait était le système de propulsion. Ils mangeaient, dormaient, faisaient leur gymnastique à bord et effectuaient des bonds simulés. « Vous ne faites pas partie de l'équipage », leur disait-on, « mais il vous faut connaître suffisamment le maniement d'un vaisseau pour pouvoir vous rendre utile et ne pas gêner tout le monde ». Tout cela les changeait un peu de l'entraînement habituel des télépathes et créait une heureuse diversion avant la tension précédant l'examen final. Théo se rendait compte que Mahil, Goryn, Nior et Ysao commençaient à observer avec appréhension les douze étudiants ayant subi l'opération de saisie de la structure, qu'entre eux, les professeurs n'appelaient plus que « l'Expérience ».

Trois semaines. Théo commençait à croire que l'événement qui lui était arrivé (et, il en était sûr, à lui seul), appartenait désormais au passé. Parfois, lui revenaient en mémoire du fond d'un espace qui lui demeurait inaccessible des souvenirs inconnus, mais il ne voulait voir là que des effets secondaires somme toute négligeables.

Jusqu'à cette soirée où, ennuyé par l'étude d'un traité de navigation qui de toute façon ne lui servirait jamais, il décida de se rendre à la salle de gymnastique. *Tu as besoin d'exercice, Théodore.*

Au seuil de la porte, il s'immobilisa brusquement : Russell était là, qui exécutait des roulades sur la natte. Le rouquin leva les yeux, et Théo sentit une longue plainte s'élever dans son esprit. La pièce se mit à tournoyer devant ses yeux et il battit en retraite. BON SANG, THÉO, POUQUOI AS-TU FAIT ÇA ? Il s'appuya au mur, attendant que les battements de son cœur se soient calmés dans sa poitrine.

Il devait être parti. Tu devais être parti.

J'AI ESSAYÉ.

Tu es bien réel, tu ne vas pas partir, n'est-ce pas ? tu n'es pas une illusion... Tu es une personne. Jimson.

OUI.

Pourrais-tu me laisser tranquille ? Au moins jusqu'à ce que j'ai passé mon épreuve ?

QU'EST-CE QUE C'EST AU JUSTE QUE CETTE ÉPREUVE ?

On est étendu sur un lit et on te donne une dose de suppressants. Ensuite, l'examinateur essaye de s'emparer de ton esprit. Si tu résistes, tu as réussi l'épreuve.

LES GENS ÉCHOUENT-ILS PARFOIS ?

Très souvent, répondit Théo avec indignation.

JE NE FAISAIS QUE ME RENSEIGNER, dit Jimson en imitant à merveille le ton de Goryn. JE VAIS ESSAYER DE TE LAISSER TRANQUILLE, THÉO, MAIS TU ES MON SEUL LIEN AVEC LA RÉALITE.

Jimson s'efforça le mieux qu'il put de garder le silence mais Théo commença de faire des rêves singuliers.

Des lumières qui se croisaient en tous sens, un gigantesque filet de bulles colorées qui emprisonnait la ville comme un papillon pris au vol… une pièce dont l'obscurité se troue de manière intermittente d'éclats lumineux, le rythme sourd des tambours… une femme aux yeux d'argent…

Il dormit mal. Son amante le quitta après deux nuits passées avec lui (un véritable affront !) et il dormit seul. Il demanda négligemment aux autres si leurs rêves avaient changé, et tous répondirent affirmativement : ils rêvaient en couleur maintenant. Goryn estima que tout en restant prudent on pouvait considérer cela comme une preuve de la réussite de l'expérience. Les étudiants l'approuvaient ; quelque chose avait changé dans leur manière d'appréhender les choses. Mais aucun n'avait les rêves de Théo.

Quatre semaines après l'incinération du corps de Jimson Alleca, les instructeurs annoncèrent que l'épreuve finale aurait lieu le lendemain.

Cette nuit-là, Théo rêva qu'un berceau l'engloutissait dans une clinique de Nouveau Terrain. Ensel le télépathe forait un trou dans son esprit.

Lorsqu'il se réveilla, Ysao était assis sur le lit et le regardait.

« J'étais en train de dormir, dit Théo, furieux.

– Pardi ! je le sais bien, puisque tu étais en train de rêver. »

PRIVÉ !! La bannière se mit à claquer au vent de son esprit tandis que la herse tombait avec un bruit sourd. Théo s'absorba dans la perception de la réalité physique environnante : les ombres jetées sur le mur par l'extraordinaire clarté des étoiles, le goût du sommeil dans sa bouche, la fraîcheur de la chambre. Il tira la couverture plus haut sur sa poitrine.

Qu'avait pu saisir Ysao ?

« Nous avons tous ce genre de rêves, dit Théo.

– Tes rêves à toi sont différents. Je comprends que personne ne l'ait remarqué, mais moi j'ai bien connu Jimson Alleca. Tes rêves possèdent la même sensibilité que la sienne. Le savoir mort et pénétrer tes rêves, c'est remuer le couteau dans la plaie. Il t'est arrivé quelque chose qui n'est arrivé à aucun de tes camarades. Sais-tu ce que ça peut être ? »

Comptant sur l'efficacité de son barrage mental, Théo décida de mentir.

« Je pense qu'il s'agit d'une simple surimpression de personnalité. J'étais lié à Jimson au moment de sa mort, et j'ai hérité de certains de ses souvenirs. Dans les livres-bandes que j'ai consultés, on disait que les effets de surimpression devaient disparaître au bout de quinze jours, mais ils se fondaient sur des expériences réalisées à partir de cerveaux endommagés. Personne n'avait essayé auparavant de saisir une structure mentale comme celle de Jimson. Il est normal que les surimpressions mettent plus longtemps à disparaître. Au début, ces effets me hantaient nuit et jour, mais leur intensité décroît, et maintenant je n'ai plus que des rêves. »

S'était-il montré trop convaincant ?

« Tu ne pensais pas que ça valait la peine de nous en parler ?

– Je peux maîtriser ça tout seul.

– Tu passes l'examen demain ?

– Oui, bien sûr.

– As-tu songé que ça pouvait en perturber le déroulement ?

– Je peux le maîtriser, répondit Théo avec obstination. Ce ne sont que des souvenirs sans suite, après tout.

– Eh bien, c'est d'accord ; de toute façon tu dois savoir ça mieux que personne. »

Théo perçut un soupir de soulagement dans son cerveau.

« Comptez-vous en parler aux autres ? demanda Théo.

– Pourquoi ne le ferais-je pas ?

– Je… je préférerais que vous n'en parliez pas.

– Pourquoi ?

– Parce que si vous en parlez à Goryn, elle ne me laissera pas me présenter à l'examen. Elle est comme ça, je le sais. »

Ysao leva un sourcil étonné.

« Je n'ai jamais trouvé que Goryn soit à ce point aux petits soins avec ses étudiants.

– Oh ! non, mais elle ne me laisserait pas me présenter si elle pensait que je pourrais me faire du mal. Cela risquerait de fausser les résultats de l'Expérience, sans compter le gâchis de bon matériel (moi, en l'occurrence) et la perte de temps. »

Ysao éclata de rire.

« Je ne lui dirai rien. »

Un sourire fugitif passa sur les lèvres de Théo. Ysao se leva et le matelas reprit instantanément son horizontalité première.

Sur le seuil de la chambre, Ysao se retourna.

« As-tu parlé à Russell O'Neill ?

– Pourquoi l'aurais-je fait ?

– J'ai pensé que les surimpressions que tu subis t'y auraient tout naturellement amené. »

Le cœur de Théo battait à tout rompre, mais ce fut d'une voix tranquille qu'il répondit.

« En fait, j'ai essayé une fois, mais je n'ai pas pu. »

Ysao soupira.

« Lorsque Jimson vivait, Russell ne pouvait supporter l'idée de la mort de son ami, mais maintenant qu'il est mort, son sentiment de culpabilité est bien près de le tuer. Je ne comprends pas pourquoi il reste ici. Il… il ne me parle pas. D'ailleurs, il ne parle à personne et même Goryn n'a pas le courage de lui demander de partir. »

CHAPITRE XIX

Lorsque Théo entra dans la salle d'examen, il avait faim.

Cela faisait douze heures qu'il n'avait ni mangé ni bu. Son estomac ne cessait de gargouiller et il avait la gorge sèche comme du papier de verre. Les plus optimistes parmi les étudiants assuraient que le jeûne minimisait l'effet des drogues ; les pessimistes, en revanche, pensaient que le manque de nourriture facilitait l'action des suppressants. Théo, lui, avait trop faim pour avoir une opinion, mais lorsqu'il aperçut le lit avec ses attaches, il se hérissa comme un chat.

DU CALME.

« Les gens se débattent parfois, expliqua Mahil comme pour s'excuser. La plupart du temps, nous n'avons pas à nous en servir. »

Théo s'allongea sans un mot. Il sentit le froid d'une ampoule de colloïde contre son bras nu. Le liquide se répandit sur la peau et se dilua dans les tissus… il perdit conscience. Lorsqu'il se réveilla, l'image de Goryn était encore imprimée dans son esprit comme un souffle brûlant, et il était étroitement sanglé sur sa couche. Il était trempé de sueur. Le tube d'une perfusion s'enfonçait dans la veine de son bras droit.

« Que s'est-il passé ? » demanda-t-il.

Tu as donné un coup de poing, dit Mahil. C'était très drôle.

« Enlevez-moi ça », demanda-t-il.

Mahil défit les sangles et retira l'aiguille de la perfusion. Goryn entra dans la pièce ; elle avait un cocard violacé autour de l'œil gauche.

« Est-ce moi qui a fait ça ? » demanda Théo.

Tout au fond de ses circonvolutions cérébrales un petit rire admiratif s'éleva.

« Tu crois peut-être que c'est moi ?

– Je suis désolé.

– Comment te sens-tu ?

– Ça va. »

Il avala sa salive.

« Suis-je reçu ?

– Évidemment ! Je plains le pauvre bougre non prévenu qui aurait essayé de te contrôler, car ça n'a pas l'air de te plaire. N'importe qui d'autre se serait brisé en mille morceaux en cherchant à jongler avec ces deux mémoires comme avec deux moitiés d'orange. Toi non ; tu es coriace comme un petit taureau.

– Je pensais pouvoir le maîtriser, dit-il pour sa défense. Ce n'est qu'une surimpression de personnalité, ça s'en ira. »

Goryn haussa les épaules.

« Qu'est-ce que tu veux que ça me fasse ? Tu peux bien continuer à jongler si tu en as envie.

– Et maintenant, qu'est-ce que je fais ?

– Tu te lèves et tu te tires d'ici. »

Dans le couloir, Théo dut s'appuyer au mur.

Bon sang, arrête de rire !

ELLE AVAIT L'AIR PLUTOT FURIEUX, DIS DONC.

Ce n'est pas moi qui ai eu l'idée de lui balancer un coup de poing !

JE TE FERAIS REMARQUER QUE SANS TON POING JE N'AURAIS PAS PU Y ARRIVER.

Théo était ivre de joie. Il chanta sous la douche et choisit ses vêtements préférés : une chemise de satin flamboyant, des pantalons blancs qui le moulaient étroitement. Il se contempla dans le miroir.

De quoi ai-je l'air ?

UN VRAI DANDY ! QUI VEUX-TU SÉDUIRE ?

Tu as une idée ?

QUE DIRAIS-TU D'UN CAPITAINE DE VAISSEAU ?

Le ton était blagueur mais Théo sentit le frémissement du désir sous les paroles.

Tu en as envie ? demanda-t-il incrédule.

FAIS CE QUE TOI TU AS ENVIE DE FAIRE.

Mmm, c'est toi qui en as envie. Bon, d'accord.

Il se dirigea vers la chambre de Russell, mais en chemin il dut s'appuyer au mur car ses jambes se dérobaient sous lui. Ses nerfs apprenaient à répondre aux émotions d'un autre.

JE SUIS DÉSOLÉ.

Pourrais-tu te calmer et me laisser faire ?

Il frappa à la porte.

« Qui est-ce ? »

Il poussa le battant et rentra dans la pièce. Russell était assis à son bureau ; il se retourna. « Je n'ai pas dit « entrez ». Qui êtes-vous ?

THÉO…

Reste où tu es ! et fais-moi confiance. Tu le connais, mais moi je suis télépathe.

Il sentit qu'à regret, Jimson se retirait dans les profondeurs de son cerveau.

« Je m'appelle Théo, et c'est moi le télépathe qui était lié à l'esprit de Jimson Alleca lorsqu'il est mort. »

Un porte-plume se cassa entre les doigts de Russell. Dans le silence de la petite pièce, le bruit sembla terrifiant. Un écheveau de souvenirs se déroula dans le cerveau de Théo. Il se souvint d'une boule de feu qui trouait l'obscurité et réduisait en cendre un vaisseau à l'abandon. Il entendit Shev Allard interrompu au milieu d'une phrase et le cri de fureur de Russell… les souvenirs submergeaient ses capacités télépathiques. Mû par un réflexe curieux, il recula d'un pas et se protégea le visage des deux bras.

« Que se passe-t-il ? » demanda Russell.

Théo baissa les bras ; le capitaine n'avait pas bougé.

Bon sang, je te l'avais déjà dit : retire-toi.

DIS-LUI LA VÉRITÉ.

Bon, d'accord. De toute façon je n'arrive pas à me débrouiller avec vous deux.

« Je pensais que vous alliez me frapper, dit Théo à haute voix.

– Vous frapper ? mais pourquoi ? Ce n'était nullement mon intention. Comment avez-vous pu penser cela en étant télépathe ? »

Théo s'apprêta à lui raconter l'histoire de la surimpression de personnalité. Une voix explosa dans-son esprit.

NON ! NE LUI MENS PAS : DIS-LUI LA VÉRITÉ.

Théo ne pouvait refuser.

Russell l'écouta dans un silence recueilli et douloureux. La pâle lumière du crépuscule fit place à la nuit ; Russell alluma une chandelle qui jeta une lumière tremblotante à travers ses mains repliées.

« Vous possédez les souvenirs de Jimson ? »

Il n'a pas compris.

« Certains, oui.

– Et ses sentiments ?

– Pas exactement. »

Il se frappa le front.

« Nous sommes deux, là.

– Vous voulez parler de la structure mentale ?

– Non. Ça, c'est ce qui a dû se passer avec les autres. Pour moi, c'est différent. »

Il hésita. Il lui était difficile de dire abruptement : « Ne comprenez-vous donc pas ? d'une certaine manière, Jimson Alleca est toujours vivant. »

« Je ne comprends pas, mais de toute façon, ça ne sera pas la première fois. »

Il baissa la tête comme s'il venait d'apprendre un secret.

« Vous feriez mieux de partir. »

Théo ressentit un sanglot à l'endroit où se trouvait Jimson Alleca. *Maintenant*, dit Théo froidement, *fous le camp de mon cortex et laisse-moi mener tout ça comme je l'entends.* Jimson se replia dans les profondeurs de son esprit.

Théo s'avança vers le bureau de Russell.

« Disons que c'est ce que Jimson nous a laissé en partage à tous les deux.

– Il ne m'a rien laissé », dit Russell.

Théo sentit la douleur de Russell comme on sent une odeur de papier brûlé. La fumée tourbillonnait aux confins de l'esprit de Russell ; bientôt, Théo eut l'impression que ses poumons s'emplissaient de l'acre fumée.

« Il ne m'a laissé que quelques dessins », ajouta Russell.

Ses défenses étaient tombées ; toutes les avenues de son esprit étaient ouvertes.

Avec une incroyable énergie mentale, Théo se fraya un chemin à travers la fumée jusqu'à l'endroit d'où irradiait la douleur et le submergea de pensées et de sensations : l'angoisse de voir son esprit s'effriter par morceaux comme du vieux plâtre, l'amertume de mourir à trente et un ans alors qu'autour de soi les enfants pouvaient espérer vivre jusqu'à cent ans. Il y jeta les reproches de Jimson : *où étais-tu pendant ces quatorze années ?* sa détresse : *nous n'avons même pas pu nous dire au revoir. Je t'aime. Tu me manques.* Il fouetta ainsi l'esprit de Russell au moyen de toute l'énergie sexuelle domptée, maîtrisée qu'il avait accumulée en lui.

Puis il s'approcha de lui.

Et attendit l'explosion.

THÉO.

Le matin, les rayons du soleil qui hachurent le sol, les oreillers, le lit et Théo. Il s'étira. Mmmm… pas encore tout à fait réveillé.

Des profondeurs de son esprit, s'éleva la voix de Jimson.
MERCI.

Théo sourit. *Merci !* Il y avait un mot pour lui sur le bureau, mais il le connaissait déjà : il vagabondait dans l'esprit de Russell lorsque celui-ci écrivait. *Théo… merci et au revoir. Embrasse Ysao pour moi.* Il se leva en bâillant et prit le billet sur le bureau. Il n'y avait en guise de signature qu'une volute qui aurait aussi bien pu être la lettre R qu'un trait griffonné à la hâte pour vérifier le fonctionnement du stylo. L'écriture du billet, elle, était élégante et méticuleuse comme des caractères d'imprimerie. *Je n'aurais jamais pensé qu'il pût avoir une écriture aussi élégante.*

RUSSELL PEUT SE MONTRER D'UNE ÉLÉGANCE SUPRÊME DANS CERTAINES CIRCONSTANCES.

Ce n'est pas moi qui te contredirai. Il chercha ses vêtements. Son pantalon était roulé en boule dans un coin, tandis que sa chemise était soigneusement disposée sur le dossier d'une chaise… à l'envers. Ce sont des choses qui arrivent, dans l'obscurité. Il se passa la main dans les cheveux de manière à les ébouriffer.

ET MAINTENANT ?

Maintenant, je pars en vacances.

Avec l'argent qu'il avait économisé, il pourrait voyager pendant deux mois dans les Mondes Vivants avant de revenir au centre psy.

ET ENSUITE, OÙ PEUVENT-ILS T'ENVOYER ?

Dans n'importe quel secteur qu'ils sont en train d'explorer.

C'EST TOUT L'EFFET QUE ÇA TE FAIT ? TU N'ES PAS CURIEUX ?

Non, je ne l'ai jamais été.

TU VAS CHANGER MON VIEUX !

Théo sourit. Il s'intéressait plus à ses vacances. Il n'était jamais allé dans l'hyperespace que comme touriste. Mais les télépathes étaient accueillis partout. Dans l'hyperespace il pourrait porter sans faire rire les gens les couleurs vives qu'il affectionnait : rouge, orange et marron.

Tu devrais essayer les paillettes dorées dans les cheveux.

Peut-être même rencontrerai-je à nouveau Russell.

Peut-être…

Bon sang, qu'est-ce que j'ai fait de cette lettre ?

Il retourna draps et oreillers ; la lettre glissa sur le sol. Il la posa sur le bureau. *Je ne dois pas oublier de la montrer à Ysao.*

Penses-tu qu'Ysao sache la vérité ?

À ton sujet ? Non. Après tout, ce que je lui ai raconté était tout à fait vraisemblable, ça aurait même pu être vrai.

Ça aurait même pu être vrai ?

Non…

Il fut le premier surpris de la vivacité de sa réponse.

Tu sais, en vérité, je m'habitue bien à toi.

J'en suis heureux.

Je me demande si la saisie de la structure mentale a marché pour les autres, se demanda pensivement Théo. Ils ne rêvent plus comme avant, maintenant, et peut-être voient-ils différemment. Cela peut prendre des années avant que nous soyons sûrs du résultat.

En attendant, dit Jimson en prenant à nouveau le ton de Goryn, l'experience a échoué.

Pas du tout, elle a simplement donné un résultat inattendu : nous.

Sur le bureau, il y avait quatre porte-plume et les morceaux du cinquième qui s'était brisé entre les doigts de Russell. Théo en saisit un et voulut graver un T dans le bois. La plume se rompit.

EH ! BALOURD ! s'exclama Jimson d'un ton courroucé, CES PLUMES SONT À MOI ET ELLES SONT FRAGILES.

Excuse-moi.

Théo fourra les porte-plume dans sa poche après s'être assuré que tous étaient revêtus de leurs capuchons.

– Je ne veux pas risquer de tacher ma belle chemise sexy, dit-il à haute voix.

JE VEUX DESSINER.

– *Quoi ? Je croyais que nous avions conclu un arrangement. Tu devais rester là où tu es et me laisser le contrôle de mon corps. C'est mon corps à moi, et je n'ai nullement l'intention de le partager. Toi, tu sais dessiner, mais moi pas.*

Jimson se replia dans les régions de l'esprit inaccessibles à Théo. Mais Théo sentit cependant sa présence.

JE CROIS QUE TU NE ME COMPRENDS PAS. TU ES UN TÉLÉPATHE ET TU RAISONNES EN TERMES DE CONTROLE, TU CROIS QUE JE M'EMPARE DE TON ESPRIT, MAIS J'EN SUIS BIEN INCAPABLE. JE NE COMPRENDS PAS LES MÉCANISMES DE LA TÉLÉPATHIE. JE NE FAIS QUE T'HABITER, JE SUIS UN FANTÔME. TU AS ACCES À MOI. JE NE SUIS PAS JIMSON ALLECA, JE SUIS UNE PARTIE DE TON CERVEAU ; PENSE À MOI AINSI. UTILISE-MOI.

Théo réfléchit un instant.

D'accord, je vais essayer. Comment faire pour t'atteindre ? tu es bien loin.

JE SUIS ICI.

Théo sentit que les barrières s'évanouissaient. Voilà comment cela aurait dû être la première fois, songea-t-il. Sans suppressants, sans peur, sans ce corps perfide et brisé qui luttait contre lui ; l'union était facile. Oui, songea-t-il triomphalement, ici, ici…

Il chercha du papier, puis, avisant la lettre de Russell, il la retourna. Il avait quatre porte-plume dans la poche. Il choisit la plume la plus fine, la 000. Il se représenta le portrait. Jimson Alleca ne l'avait jamais dessiné, cela lui faisait trop mal, mais maintenant, il le pouvait. Nous le pouvons. Le portrait prit lentement forme. Une crinière de cheveux encadrait un visage aux traits aquilins. Les lèvres se plissaient en un sourire familier, une main se tendait en signe de bienvenue… Théo déposa sa plume et se gratta le crâne. Il ne savait que penser. Le dessin ne lui semblait pas posséder le style de Jimson Alleca, il était flamboyant, presque brutal. Une pensée se fraya un chemin jusqu'à sa conscience. LES CONTOURS DEVRAIENT ÊTRE PLUS DURS. LA PROCHAINE FOIS NOUS UTILISERONS LE FUSAIN.

Mais… est-ce bon ?

Jimson chercha le mot juste… il parvint à Théo comme une étoile filante.

PAR-FAIT.

Les **Moutons électriques**

Imprimé en Bulgarie,
en février 2024